# Justino, o retirante

46ª edição

Odette de Barros Mott
# Justino, o retirante

**ENTRE LINHAS SOCIEDADE**

Ilustrações: Marcelo Campos e Lucas Tozzi

Conforme a nova ortografia

Prêmio Monteiro Lobato —
Academia Brasileira de Letras
3º Prêmio Concurso Lion —
Editora do Brasil
Menção Honrosa do Prêmio
Hans Christian Andersen da
International Board of Books
for Young People
FNLIJ — acervo básico — reedição
PNBE/2006

## Série Entre Linhas

Editor • Henrique Félix
Assistente editorial • Jacqueline F. de Barros
Preparação de texto • Lúcia Leal Ferreira
Revisão de texto • Pedro Cunha Júnior (coord.) / Edilene Martins dos Santos

Gerente de arte • Nair de Medeiros Barbosa
Coordenação de arte • José Maria de Oliveira
Diagramação • Lucimar Aparecida Guerra
Projeto gráfico de capa e miolo • Homem de Melo & Troia Design
Coordenação eletrônica • Silvia Regina E. Almeida
Produção gráfica • Rogério Strelciuc
Impressão e acabamento • Gráfica Paym

Suplemento de leitura e Projeto de trabalho interdisciplinar • Isabel Cristina M. Cabral

### Dados Internacionais de Catalogação na Publicação (CIP)

> Mott, Odette de Barros
> Justino, o retirante / Odette de Barros Mott; ilustrações Marcelo Campos. – 46. ed. – São Paulo : Atual, 2009. – (Entre Linhas: Sociedade)
>
> Inclui roteiro de leitura.
> ISBN 978-85-357-1155-4
>
> 1. Literatura infantojuvenil I. Campos, Marcelo. II. Título. III. Série.
>
> CDD-028.5

Índices para catálogo sistemático:
1. Literatura infantojuvenil 028.5
2. Literatura juvenil 028.5

16ª tiragem, 2020

*Copyright* © Odette de Barros Mott, 2002.

**SARAIVA Educação S.A.**
Avenida das Nações Unidas, 7221 – Pinheiros
CEP 05425-902 – São Paulo – SP – Tel.: (0xx11) 4003-3061
www.editorasaraiva.com.br
atendimento@aticascipione.com.br

CL: 810348
CAE: 605620

"Quando o Nordeste tiver açudes para sanar sua falta de água, quando for mais alfabetizado, quando terminar essa semiescravidão em que o trabalhador vive, verás, Justino, tua terra florescer, dar frutos, as crianças felizes crescerem e se tornarem adultos conscientes de suas responsabilidades, como elos da nossa corrente humana." (p. 134)

# 1

Justino não consegue dormir, vira-se na rede de um lado para o outro, coça o dedo onde penetrara um bicho, ouve o galo cantar, logo depois, o pio agourento da coruja. Mais ao longe, outro galo cantou. Era o da casa-grande. Benzeu-se no escuro, enrodilhou-se mais e fingiu dormir. Apertou os olhos, esfregou outra vez o pé de encontro à palha áspera da rede.

Madrugada, manhãzinha recém-chegada, acordou. Já a passarada cantava no arvoredo. O papagaio falava no poleiro pedindo café. Então Justino teve noção de que esse dia era diferente dos outros, sentou-se na rede e aguçou os ouvidos tentando captar todos os ruídos que vinham de fora.

Depois, levantou-se. Já estava quase vestido, sungou as calças na cintura, esfregou pela última vez o pé na rede, pensou que precisava tirar aquele bicho, antes que aumentasse, que se tornasse batata, pois, aí sim é que iria incomodar e doer. No começo, bem que a coceirinha era gostosa!

O papagaio gritava barulhento, pedindo café e chamando: "Mãe, dá café... Mãe, dá café!...".

O menino vai até o fogão, atiça, assopra as brasas, põe uns gravetos em cruz, procura no oco da parede de barro, bem socada, uns palitos de fósforos e com eles acende o fogo. As palhas crepitam, o sabugo seco, esturricando, pega fogo e logo a água, que mal cobre o fundo da panela de barro, chia e põe-se a ferver.

Justino coa o café, enquanto ouve o ganir triste do seu Pitó, que arranha a porta do casebre. Abre-a para que o cachorrinho sarnento possa entrar e o animal vai lamber-lhe as pernas, alegremente.

— Passa, Pitó, passa!

Procura na tábua, que em cima do fogão serve de prateleira, um pedaço de rapadura. Come e dá um tico para o animal, que o engole, faminto.

Agora, nada mais lhe resta a fazer que pôr-se a caminho. Sua trouxa já está preparada, desde a véspera. Escolhera a toalha branca, de que a mãe tinha ciúmes. Ela trançara bonito as pontas de um saco de açúcar e, quando havia missa na capela, levava a toalha na cabeça, a lhe descer pelos ombros. Dentro dela colocara suas calças, a camisa, a sandália de couro cru que o pai fizera.

Agora só lhe faltava a matula, um pouco de farinha, o resto da rapadura e podia partir...

Mas Justino, apesar de pronto, não se decidia. O galo cantou outra vez. Já era quase dia.

Ele nasceu ali, naquela palhoça, cresceu brincando no terreiro com o Pitó, trepando no cajueiro carregado, ouvindo a mãe socar no pilão punhados de milho, vendo o pai chegar da roça, molambento, sujo, magro como a carne-seca em cima do borralho.

Doze anos vivera ali, vendo o sol esturricar a terra, as plantas secarem e morrerem, os animais se deitarem para não mais se levantar.

Doze anos, toda sua vida...

Agora que o pai e a mãe haviam morrido, com um intervalo de quinze dias, o primeiro mordido por cobra e, logo depois, a mãe, de tristeza e fraqueza, Justino resolvera partir. Nos primeiros dias, depois do enterro do pai, o patrão, dono das terras, chegara-se à porta do casebre e, de cima mesmo da montaria, gritara:

— Ó de casa!

— Abença, senhor — disse Justino, que limpava umas mandiocas na beira da choça.

— Menino, que é da tua mãe? Preciso falar com ela.

— Ela está de cama, senhor, desde que pai morreu.

— Pois diga a ela que vou precisar das terras, que aumentei o gado e vou transformar tudo aqui em pastagens. Bom lugar para umas cabeças!

Olhava ao derredor, avaliando as terras, o lugar.

— Bem, vocês desocupem logo o casebre, preciso derrubar isto aqui — e batera com o relho na trave que escorava uma das paredes abauladas.

Ante o olhar assustado do menino, prosseguira:

— Podem ocupar a choça de Nhô Julião, está sem cobertura, porém você é um rapaz e fará o conserto.

Tocando o cavalo, tomou a estrada, não se despedindo, nem se voltando. Já havia dito tudo.

Justino permaneceu parado, quieto, quiçá sem compreender. Deixar a casa, a mãe daquele jeito e as terras, que agora estavam secas, porém um dia se cobririam de verde, de flores e de frutos, como num milagre!

— Justino, "fio", quem "tava" aí?

A voz fraca da mãe vinha de dentro da camarinha.

— Já vou, mãe.

Os pensamentos confusos na cabeça... Um martelar, com a mão do pilão, pam... pam... pam...

— "Fio"... — a voz fraca se extinguiu, antes de alcançar o menino, que já entrava.

— Mãe, não é nada não, mecê vai se cansar outra vez e piorar. Vou trazer um chá de macela.

— Ouvi conversa, "fio", a andadura do "animá"; o que deseja o patrão?

— Ver as terras, mãe.

A velha, apoiando-se nos braços finos, dentro da escuridão da camarinha, procura ver o filho que, encolhido, não ousa entrar e menos se explicar.

— Ver as terras, pra quê?

— Não sei não, mãe, somente ver.

Ela se deixara cair na tarimba arfante, com o peito a chiar, sem fôlego.

— Eu não disse, mãe, para não se preocupar? Não se amofine, descanse. Vou buscar o chá.

— "Fio", vá procurar o compadre Tião. Que venha aqui. Quero falar com ele.

— Sim, mãe.

O menino saiu para o quintal.

O sol queimava, a terra começara a se abrir, áspera, sedenta. Não há verde, não há colorido, tudo de um cinza torrado, como se enorme fogueira tivesse se espraiado pelos campos. Agora, na hora de deixar a casa, Justino relembra, com nitidez, aquele dia. Correra ao casebre do padrinho, que encontrara cuidando dos leitões do patrão, magros e consumidos como peixes no fumeiro. Dava pena os animais com os focinhos arranhados, em carne viva, de tanto fossarem a terra requeimada. Comiam os talos de juazeiro, que lhes dava o padrinho, entre grunhidos de dor, contudo a fome os forçava.

— Abença, padrinho...

— Deus te abençoe, menino... estás vendo o sofrimento? É sempre assim, nesta infeliz terra. A seca come tudo, os bichos, os homens. E a comadre?

— Ruinzinha, padrinho, inda agora teve uma recaída. Pede para o padrinho ir lá.

— Coitada, que tristeza!

— Padrinho, ela não sabe, é bom que não saiba mesmo, o patrão pediu as terras.

Tião parou o serviço, olhou o menino.

— Quê?!

Ouvira bem? Desgraça de pobre é sempre assim, anda de páreo, de acompanhamento. Já não bastava a viuvez?

— O patrão pediu as terras?

— Sim, ele disse que quer aumentar a pastaria. Que a gente ficasse com a tapera, mãe não sabe, ela ouviu barulho de conversa e perguntou da camarinha quem era. Eu disse que não era nada, não.

Tião, pensativo, parecia não ouvir, perdera-se em divagações. Os animais grunhiam mais forte de dor e de fome. Tentavam fossar e dos focinhos feridos o sangue ia tingir a terra rebentada em torrões.

— Pois vamos. Não precisa contar que o patrão pediu as terras, eu falo com ela.

— É melhor! O padrinho não acha que devo ir ver a choça na beira do morro? Ela está descoberta, preciso cortar piriri...

— Não, menino, vai até minha casa e diz pra tua madrinha que prepare um lugar na camarinha. Depois me ajuda na mudança das redes e dos trastes. Ficam com a gente, não são animais para dormir ao relento.

O menino abaixa a cabeça e ruma para a choça do padrinho, enquanto este se distancia, encolhido, pés nus, pisando de leve na terra escaldante.

O sol dardejava seus raios, de maneira violenta.

Era uma batalha a ser vencida contra a terra, contra o homem, contra o verde.

Justino recorda que nem fora preciso fazer a mudança; na mesma tarde, a mãe falecera, num acesso mais forte, que quase lhe arrancara o peito. Tudo muito triste. Triste como sua vida. Depois do enterro o padrinho conversara:

— Afilhado, agora és nosso, meu e da tua madrinha. Junta teus trastes e entrega a terra ao patrão.

E cuspira raivoso, sem forças, sem ânimo para lutar.

— Sim, senhor, padrinho.

Porém, pedira permissão para ficar ainda aquela noite na palhoça e a ideia crescera em seu peito, onde a dor ficara presa. Não chorara, nem mesmo quando levaram a mãe na rede, tão levezinha, mal pesando nos ombros do padrinho e de um vizinho.

De repente, ao se deitar, compreendera que não poderia continuar ali, naquelas bandas, vendo o gado pisar a terra que o pai lavrara, a terra que no tempo das águas se cobria de verde, renascendo alegremente, a ofertar seus frutos.

Justino quieto, só, amadurece seu pensamento.

Vai partir!

Essa ideia explode repentina, violenta, como o sol nascente. Bola de fogo a lhe queimar o peito. Vai partir, não continuará ali.

Que dirá o padrinho? Haverá de chamá-lo de ingrato? Levanta-se da rede, mãos trêmulas, acende a lamparina e prepara a trouxa. Não escolheu, nem sabe que caminho seguir, porém sabe por conversas ouvidas que, seguindo em direção a Croibero, encontrará levas de retirantes fugindo da seca. Pensa em se juntar a eles e seguir o destino.

É preciso seguir logo, antes que alguém apareça. Mais tarde os peões virão derrubar a choça e soltar o gado. Não quer ser visto, nem ver ninguém.

Já tomou o café. Prende a trouxa no bordão do pai que na ponta lavrara uns desenhos. O pai gostava de trabalhar com a lenha, fazendo coisas bonitas, bichos, flores, crianças. Pôs na cabeça o chapéu de palha que ele mesmo tecera, e chamou o Pitó, que se enrodilhara na beira do fogão, vigiando alguma faísca do que comer e, sem olhar para a camarinha, deixa a casa.

Na porta, ouve o papagaio a chamá-lo: "Mãe, qué café!".

E se o levasse? Poderia deixá-lo na mata, junto aos companheiros.

Justino entra na choça e para em frente à camarinha da mãe. Então seus olhos se enchem de água, que lhe escorre pelo peito magro. Através das lágrimas vê o oratório, onde a mãe o fazia rezar. Queimado, preto pela fumaça, era o tesouro de sua mãe, que o herdara da avó. Abre-o e de lá tira uma pequena imagem de Nossa Senhora da Conceição. Coloca-a na trouxa, toma do papagaio e, quase correndo, deixa a choça.

De longe, do curral, soam vozes e mugido dos animais esfomeados.

Ainda está escuro. Névoas se amontoam finas por sobre os morros e lá ficam penduradas.

Não precisa de luz, pois sabe de cor a direção. Quantas vezes fora até a cacimba buscar um gole de água! A cacimba que secara de todo, este ano!

Segue sempre firme, para a frente, com Pitó nos calcanhares, sem olhar uma vez sequer para trás.

# 2

Justino caminha apressado, tanto quanto lhe permitem suas pernas franzinas. O sol nascera violento, selvagem. Uma única explosão!

Os galhos secos parecem pontas de lanças e lhe barram o caminho. Tudo é hostil, seco, cinzento e triste.

Com o papagaio calado, sofredor, agarrado em seu ombro magricela, Pitó a tocar-lhe os calcanhares, ele caminha, fugindo da fazenda do patrão, da saudade e das lembranças.

Um só desejo o anima: distanciar-se o mais rápido possível, para ganhar tempo, fugir a qualquer perseguição. Um único pensamento em sua cabeça a torturá-lo: será que encontrará retirantes? Companheiros de viagem?

Pitó gane, coça-se, lambe humildemente o pé do dono, aproveitando o sal do suor que lhe corre das pernas. Como estas pesam! Parece ao menino terem vida própria, negando-se a conduzir o resto do corpo.

Pelo sol alto, calcula ser meio-dia; pelo cansaço julga que dias se passaram. Resolve parar, tomar um pouco de fôlego, comer um pedaço de rapadura e um punhado de farinha. A carne-seca ficará para outra refeição. É melhor poupar.

Também, se a comesse sentiria mais sede e a água era pouca.

Não sabe de nada, além do cansaço e da fome que o torturam.

A aventura que corre é maior que sua imaginação.

Sente-se embotado pela fraqueza, pelo cansaço, forças lhe faltam para sofrer.

Finalmente, divisa uma ligeira sombra, um lugar que lhe parece mais fresco, mais acolhedor, entre duas ou três pedras enormes, que se projetam para a frente, como as abas de um chapéu. Senta-se nessas pedras, contra os raios diretos do sol, abre a sacolinha, tira a rapadura e põe-se a roê-la. Dali avista os trilhos por onde passam os retirantes. Não há ruído de animais se arrastando e nem há pássaros cantando.

Só solidão!

Tião também não dormira pensando no menino.

Insistira muito para que trouxesse a rede e viesse naquela mesma noite, porém ele pedira permissão para ficar na choça.

— Padrinho, se mecê não se amofina, eu vou dormir na minha casa, por despedida. Amanhã levo minha rede.

— Está bem, afilhado. A madrinha te espera, amanhã então irás pra casa, não é?

Lembra-se agora da conversa, revirando-se na rede à espera do amanhecer. Logo que o sol surja irá buscá-lo, antes mesmo que os peões levem o gado. Quer impedir que o menino presencie tal sofrimento. Tão menino e já tão só! O patrão era uma peste, nem ao menos sabia respeitar o sofrimento alheio.

— Nhô Tião, por que mercê não dorme e se revira tanto? — pergunta a mulher. — Está doente? Quer um chá?

— Não, Joaquina, não é questão de doença, é tristeza, penso no menino, ele devia ter vindo comigo.

— Mecê descanse, essa tristeza fala mal à alma.

Mais um canto do galo, o do próprio terreiro. Fraco como o grasnar de um corvo.

Levanta-se, esquenta o café da véspera, sem despertar a mulher, que pegara no sono novamente, e dirige-se à choça dos compadres, agora vazia.

Ia pelo caminho, lembrando-se das coisas, desses anos, de como haviam passado cheios de lutas, de sofrimentos.

Olhando ao derredor, apesar da escuridão divisa os galhos secos, espetados. "Todos os anos a mesma coisa", pensa. Todos os anos!

Porém, duas vezes a situação piorara, a seca fora mais dura – uma, quando se casara, isso há quinze anos, e essa agora, que parecia queimar a terra, torrar os homens, defumar os animais. Custava acreditar que depois surgisse vida dessa solidão. E, no entanto, todos os anos presenciava o milagre, tudo a reverjedar, o pasto, o campo, o milho criando alma nova com as chuvas.

A natureza inteira se mudava, tornando-se esperançosa, alegrinha. Os campos cobriam-se de verde, flores e espigas rebentavam das hastes. Pássaros cruzavam o ar leve e perfumado, armando ninhos, cantando doidos!

Em todos os cantos a vida explodia, numa ressurreição.

Era a hora do regresso!

Muitos haviam partido, não suportando a dureza da vida. Porém, alguns ficavam sem coragem para deixar o que era seu. Sabiam que um dia nuvens negras se amontoariam no céu, que o sol deixaria de brilhar e pingos grossos se dissolveriam no ar, antes mesmo de chegarem à terra. Até que, com uma força indômita, terrível, a chuva cairia e a terra sôfrega, sedenta, a receberia por suas mil bocas abertas.

Era questão de paciência, coragem e fé! Suportar todos os sofrimentos à espera desse dia.

Assim, caminha pensativo, lembrando-se do afilhado, menino e já órfão. Não ficará desamparado, isso não. Ele e a mulher sem filhos o estimam, como próprio. E, que homenzinho já é, não deixando que o sofrimento o enfraqueça, perante os outros!

Que silêncio!

Talvez tivesse sido melhor obrigar o menino a dormir com eles. Aquela solidão aumentava o sofrimento.

Onde andaria o Pitó, que anunciava sempre sua chegada com ganidos de alegria e festas?

Grita pelo menino:

– Justino, ô... ô...

Espera, à escuta. Estará o menino procurando água na cacimba já seca?

Desce o barranco que desemboca no casebre e de onde rolam grumos de terra seca.

— Ó afilhado — grita abafado, respeitando o luto da casa.

Espia pela porta aberta. Nada vê. Entra na choça, o silêncio é absoluto.

O papagaio, que trouxera para o menino, novinho ainda, tirado do ninho, sempre a gritar e bater asas, não está no poleiro. Um arrepio lhe sobe pela espinha. Que estaria acontecendo?

— Justino... ô... ô...

Lá fora, o sol já rompera todas as barreiras. É o vencedor absoluto, rubro e violento. Fecha os olhos a meio e tenta localizar o afilhado naquela orgia de luz.

Súbito, um pressentimento o toma de assalto; teria acontecido alguma desgraça ao menino? Entra na camarinha, onde já penetrara uma réstia de luz, vê o oratório aberto, e não encontra a imagem da Virgem da Conceição, que muitas vezes vira em dias festivos.

Como um soco no peito, toma conhecimento do que acontecera: o menino partira!

Não querendo permanecer lá, às vistas do patrão, fora em busca de outras terras... Já era homem, o afilhado. Corajoso e leal para com os pais. Tião compreende sua nobreza de alma, seu modo de ser.

Sai, fecha a porta da choça em silêncio e estica o olhar pelos caminhos. Qual deles teria escolhido o afilhado?

Indeciso, coça a cabeça branca, faz um cigarro de palha e procura uma solução. Ir atrás do menino? Voltar para casa e pôr a mulher a par do assunto?

Retorna primeiro para casa e avisa a mulher.

— Nhana, o menino fincou pé na estrada, ele partiu!

— Partiu? Pra onde, marido?

— Não sei não, vou procurar. Quem sabe se acho. Mas Deus queira que o Bom Jesus do Bonfim o leve destas terras, pra bem longe, pra cidade. Aqui, mulher, é terra de maldição, de dor, de fome.

A madrinha, retirando-se para sua camarinha, põe-se a chorar, mansamente. Pobre menino, poderia se perder nesse sertão, passar fome...

— Ah! com isso ele já está acostumado; fome, ele vive com ela na barriga, desde que nasceu. E, com a seca que vem chegando, daqui a pouco nem mesmo farinha a gente vai ter. A fome vem brava este ano, com o sol vermelho como baeta e o céu azul sem nuvens. Galhos secos e esturricados, sem folhagem e sem frutos... Mulher, é bom que enxugues tuas lágrimas, o menino quem sabe encontrará coisa melhor. Aqui, ia sofrer muito.

Depois, pôs-se nos atalhos e caminhos, nos sítios conhecidos entre amigos, a procurar o afilhado. À noite, cansado, amargurado, avisa ao patrão, que se enfurecera com a notícia.

— Não encontrei ele, não.

— Menino tolo, bem que poderia ter ficado na fazenda, estava no ponto de pegar rijo na lavoura.

— É...

Mas, ao entregar o corpo cansado à rede, pensa consigo, bem no fundo do coração:

"Fez bem, Justino, fez bem em deixar esta terra infeliz." E grossas lágrimas lhe rolam pela face seca e esturricada, encardida como a própria terra.

# 3

Sol alto, meio-dia.

Justino, sentado na raiz de um juazeiro, procurando um pouco da sombra projetada pelos galhos nus, come seu pedaço de rapadura, um punhado de farinha e bebe um gole de água morna, que trouxera no embornal de couro.

Os olhos ardentes, queimados e judiados pelo sol, se esticam à procura de companhia. Os retirantes costumam passar por lá em direção às várzeas úmidas de São Francisco de Canindé. Precisa de companhia para a viagem, não sabe para onde ir e também não se importa com isso. O que lhe interessa é sair o mais depressa dali...

Pitó, aos seus pés, arfando e se coçando, ganindo com as picadas das pulgas e dos bernes, olha-o com seu olhar quase humano. Esfrega o focinho no chão à procura de água, de umidade, porém a terra áspera o arranha e o queima.

Sentadinho ali, naquela solidão agreste, tão pequeno e mirrado, dá pena. A trouxa ao lado, o papagaio já ficara há muito num galho seco, no meio da estrada, não pensa, sente-se embotado pelo calor, pelo sofrimento e... adormece sentindo tudo ao seu redor como as cinzas de uma fogueira extinta.

Não sabe quanto dormiu, desperta meio sonolento, atordoado, com fortes dores de cabeça, cansado, ouvindo o chamado insistente do papagaio: "Mãe, qué café, mãe, qué café...".

Levanta-se de um salto, julga estar em casa, a mãe viva a preparar-lhe o caldo de rapadura.

Sonhara apenas.

O sol ainda está alto, dormira pouco. Mas é melhor partir antes que anoiteça.

Põe-se a andar, cansado, com o cachorro atrás. Deixa o pasto e entra na caatinga tão feia e suja. Procura os trilhos, para se desembaraçar da galharia espalhada pelo chão.

A noite se avizinha, o menino olha ao redor, procurando pouso. Pássaros noturnos, alguns que resistiram à seca, soltam seu pio.

Justino se arrepia, amedrontado... Pitó gane...

A solidão e o silêncio os absorvem e a noite desce, rápida, negra, envolvente.

Justino nem sabe que força o sustém nas pernas fracas e o impele para a frente quando, já bem tarde, na volta do caminho, junto à encruzilhada, avista um grupo de retirantes.

São quatro mulheres, seis homens, duas dezenas ou mais de crianças, todas menores do que ele, franzinas, as roupas em frangalhos. Ao menino, elas parecem ser a continuação da caatinga, da terra vermelha... A própria terra!

Olham Justino que se aproxima, sem entusiasmo e sem interesse. A fome lhes tira qualquer possibilidade de raciocínio, qualquer expressão de sensibilidade provocada por um agente exterior. Verdadeiros autômatos tocados para a frente numa luta contra a morte, caminham aos tropeções, mal tocando os pés, mas caminham.

Justino alcança-os.

Nele também não há mudança na face, um maior brilho nos olhos, nada. Abre a boca ressequida e balbucia:

— Boa tarde.

— An, an, boa tarde.

O menino se cala, assim à espera de perguntas, até que uma das mulheres, a mais velha, lhe diz:

— Onde está tua mãe e teu pai?

— Não tenho mãe e nem pai, não, senhora.

— E teus companheiros?

— Não tenho, não, senhora, estou só.

— Só?!

Apesar de cansados, de famintos, os olhares convergem para ele.

— Só? Tão menino e sem ninguém...

— Pra onde vais? — pergunta-lhe um dos homens.

— Vou m'embora, o dono pediu a terra que pai plantou.

— An...

Entreolham-se, é a mesma história, a seca, o patrão tomando as terras, a fome...

— Vamos, diz-lhe a velha, tu vais com a gente.

Justino se incorpora à pequena leva de retirantes. Enquanto caminham, quase se arrastando pela estrada vermelha, conversam. É só uma troca simples de palavras, pouco menos que nada. Não sentem necessidade de frases grandes e pomposas, porque o menino não passa de um retirante como os outros, olhos queimados pelo sol, barriga vazia, pés cansados.

— Fome por fome — diz a velha, para o pequeno grupo —, podemos passá-la juntos. É melhor que o menino venha com a gente do que enfrentar só esta caatinga ingrata. Ainda está na idade de companhia, de ter pai e mãe.

E, assim, Justino, unindo-se aos retirantes, não sentiu nem alegria e nem tristeza. Ainda não saíra do seu desequilíbrio interior para poder participar de qualquer alteração, mesmo em sua própria vida. Sente-se como uma coisa, e é como coisa que se une ao grupo. Um saco de feijão ou de milho, nada mais...

E seguem caminho, os retirantes, ele e Pitó, a lhe lamber os calcanhares. Assim silenciosos, caminham até o entardecer. De vez em quando, uma criança choraminga, geme baixinho.

Ao término do dia, a terra se refresca levemente e milhares de pirilampos cruzam o céu. A fome cresce, toma vulto em sua barriga e com ela a saudade.

Justino lembra-se da mãe, do pai, da pobre casinha. Custara-lhe deixar o lugar onde nascera. Tudo aquilo que sempre amara deixou ali nas terras do Coronel, daquele peste que lhes tomara as plantações. Junto às lembranças queridas, surge a visão do gado a pisotear a terra que o pai lavrara.

Olha os companheiros de viagem, as mulheres aconchegando crianças nas redes. Elas pedem o que de comer.

— Mãe, qué comê!

Sempre o mesmo pedido, o mesmo tom lamurioso. Será que em algum lugar da Terra haverá de comer para todas as crianças, para encher suas barriguinhas?, pensa Justino, enquanto vê os homens pitando seus cigarros, que são outros tantos pirilampos a acender e apagar suas luzinhas.

— Menino, deita-te e dorme, não adianta ficar pensando. Amanhã temos de caminhar cedo e o chão é tão grande — diz a velha.

Justino obedece e estica a rede. Enrolando-se nela, parece sentir os braços de sua mãe e embalá-lo. Sente o calor do corpo de Pitó junto aos pés, olha mais uma vez os pirilampos e dorme...

Assim começa a vida do menino Justino, retirante.

# 4

A noite fora péssima.

As crianças haviam chorado, a fome a torturá-las mais que o cansaço. Mal a madrugada se anunciou, cuidaram da partida. Cada um tirou do embornal um pouco de rapadura e farinha e comeu.

— Se a gente encontrasse um gole d'água por aqui...
— Mas não encontra não — comenta outra mulher.
— A minha se acabou também, quatro crianças bebendo...

O sol já nascera ardente, raivoso.

— É melhor a gente andar — ordena um dos homens, Nhô Tonico, que parece conhecer o caminho e ser o guia. — Ainda temos chão a comer e do ruim, para a gente encontrar a estrada da cidade. Por lá talvez alguma cacimba tenha ficado esquecida e a gente ache água, que esta "piolhada" daqui a pouco começa a pedir o "que de beber".
— Então vamos.

Todos se levantam e recomeçam a marcha. Algumas crianças choram e se negam a andar. As menores são carregadas, as outras se agarram às saias das mães, às calças dos pais.

Justino, que comera o último pedaço de rapadura e o último bocado de farinha, enrola a esteira, prende-a na cordinha e, juntando a trouxa, caminha entre os outros.

— M'nino...

Justino já notara o velho cego que, às tontas, apoiado no bordão, caminha entre um e outro.

— M'nino, tu não tens mãe nem pai?

— Não, senhor, não tenho.

— An... e vais de retirante, pra onde?

O cego caminha, meio aos tropeções, pela estrada. Tem nas costas uma violinha presa por um cordel no pescoço, na mão um porrete, no qual se apoia e, na outra, uma trouxinha.

Repete a pergunta:

— Vais de retirante, pra onde?

— Onde Deus mandar, não sei, não, senhor.

— Por que não ficaste na fazenda do coronel, com teu padrinho?

— Não podia, não, senhor, depois que mãe morreu, não dava gosto ficar no sítio, vendo as terras que pai plantou pisadas pelo gado.

Calou. Não fosse soluçar ali, na frente de estranhos. A voz se negava a sair.

— É, é muito sofrimento mesmo pra um menino só — comenta o cego.

Caminham. A caatinga que atravessam é cheia de espinheiros, que lhes rasgam a roupa e as carnes. Nem mesmo a criançada reclama, todos vão calados, sem ânimo para uma disputa, para uma corrida. A fome e o cansaço comeram suas últimas energias.

O caminho se alonga por não haver variações de paisagens. Têm a impressão de que caminham sempre pelo mesmo trecho.

— Pois, como vês, também sou retirante — diz o cego, retomando a conversa. — Retirante cego cantador de viola. Ela é meu ganha-pão, meu de comer. Assim como pai e mãe para mim.

— Mecê é só?

— Sim, tinha companheiro, mas ele por desânimo ficou nas terras do coronel Zico.

— Como mecê se arranja?

— Como tu vês, tropeçando nos caminhos, o espinheiro rasgando meu corpo, ora dependendo das graças de um, ora de outro.

Caminham outro trecho sem variações.

Calor. Fome. Sede. Cansaço.

— Vida dura — diz o cego. — Vida mais dura ainda, de quem é só...

— Se o m'nino quisesse, sendo assim, nestes casos, nós dois sozinhos, podia ficar comigo e eu com ele. O que eu fizesse e ganhasse de comer, podia repartir com ele e o m'nino seria meus olhos, me indicaria o caminho. A gente repartiria as tristezas e até que a vida ficaria mais alegre.

Calou-se, ofegante.

Puxou uma baforada do cachimbo de barro, ajeitou a violinha e ergueu o rosto para o alto, num gesto de expectativa e de ansiedade.

Justino olhou os olhos comidos do cego. Eram dois buracos, onde agora uma pele franzida fazia fundo.

Olhou e teve pena. Coitado! Mais infeliz do que os outros, mais só.

— Pois, sim, senhor.

O velho tateou no escuro, na sua eterna escuridão e encontrou a cabeça do menino.

— Deus te abençoe, meu filho.

Continuaram o caminho, agora o velho menos trôpego, menos oscilante, com a mão de leve, tocando os ombros do menino. É quase uma carícia.

Pitó, atrás, fareja o solo. Será alguma novidade? Não sabe qual, mas por via das dúvidas, para se fazer presente, para participar, gane tristemente.

— Sai daqui, agourento — enxota-o um dos retirantes com o pé.

Pitó sai ganindo de dor e se põe a andar, outra vez quieto, atrás do dono e do cego.

O dia findava, o sol se punha vermelho, sem diminuir seu calor.

Um menino chorou manso, pedindo comida:

— "Mãe, dá de comê."

Justino ouve com atenção a resposta carinhosa:

— "Sussega menino, logo nóis para."

— É melhor acampar — diz o guia. — Este nosso caminho é sem fim e tanto faz a gente dar dois passos a mais ou a menos.

— É melhor mesmo, compadre Tonico — comenta a velha —, as crianças não aguentam mais, vamos parar por aqui.

Um juazeiro, que se estendia quase amigo, serviu para que lá acampassem por mais uma noite.

O velho estende a rede no chão duro e ali se enrola com o Pitó, como velhos amigos. Algumas mulheres preparam a trempe e cozinham um naco de carne-seca, enquanto as crianças, ao lado, choram impacientes. Outras já haviam se deitado sem ânimo para nada, chupando os dedinhos magros. Os homens espalham-se pelo mato, procuram no chão duro restos de raízes de mandioca, algum favo de mel ou alguma cacimba perdida. Mas logo voltam desanimados, pois o caminho é muito batido pelos retirantes.

Chico Cego afina a violinha.

Na tarde que envelhece, sua voz tem doçuras de mel. As crianças se aquietam, algumas roendo um pedaço de rapadura. Os homens, rendidos pelo cansaço, enrolam cigarros de palha enquanto o velho canta uma mensagem de esperança:

*Acorde mamãe*
*do doce dormir*
*venha ver o cego*
*cantar e pedir.*
*Ó minha filha,*
*dê-lhe pão e vinho*
*e diga ao pobre cego*
*que siga o caminho.*

Justino estira-se de comprido aos pés da rede, junto a Pitó e olha o céu negro, vendo as estrelas piscando e pensa:

"Serão as mesmas que brilhavam por sobre minha choça, na terra do coronel Juvêncio, ou serão outras?"

Lembra-se da mãe, que nas noites estreladas sentava-se no terreiro, olhando o céu, enquanto o pai pitava seu cigarro de palha.

Lágrimas quentes lhe descem pelo rosto e vão molhar a terra seca. Porém prende os soluços, pois sente vergonha daquela dor. Quer senti-la sozinho!

Mais tarde, bem mais tarde, o mocho pia. E o resto é solidão, fome e... alguma esperança!...

Já manhãzinha, a criançada acorda chorando e pedindo de comer.

— Bando esfomeado de maitacas — comenta um retirante.

— É; coitadinhas... dormiram vazias de tudo!

O fogo crepita vivo, talvez a única coisa alegre ao redor. Falta água. Os homens saem outra vez, mais longe, à cata dela, de algumas gotas quiçá numa poça protegida por pedras ou galhos secos. Voltam mais tarde, com cabaças cheias de um líquido barrento, que, misturado à farinha e à rapadura, é dado às crianças.

Elas se atiram ávidas às cuias de coco e logo pedem mais.

— Chega — disse a velha —, o resto fica para mais tarde. Já comeram para enganar a fome. Vamos?

— Sim — respondeu o guia —, é tempo de partir.

Levantam as redes. Juntam os trastes e aquela procissão põe-se a caminho.

Aos poucos, Justino vai tomando conhecimento da vida dos retirantes. Pitó atrás, o velho a seu lado, apoiado no bordão, a mão, asa de pássaro, a lhe tocar os ombros.

Conversam de manso.

— O destino da gente é esse mesmo, sempre em busca de dia melhor. A vida é uma estrada ora bonita com florzinhas de todas as cores, ora cheia de espinheiros. A questão é não desanimar. Sempre depois do verão vem o inverno. Isso é verdade na vida: verão e inverno. Já vi as águas chegarem em abril, mas chegarem. Os rios se encheram, o verde nasceu nos campos. Uma beleza! O vento bate nas plantas, assovia. O ar se enche de melado, a gente até tem vontade de comer o ar. Só doçuras. O gado engorda, dá leite, há fartura.

Justino então se abre e pergunta:

— Mecê como cegou os olhos?

— Criança, deu doença. Ainda vi o sol, conheci as flores. Agora conheço a bonina e a margarida pelo cheiro. Antes não, e conhecia de longe. Minha mãe, eu me lembro dela. Ceguei com dez anos...

— E daí?

— Daí? Foi só esse sofrer, ai de mim, se não fosse a violinha que me acompanha sempre. Um dia passou pelo sítio do meu pai um cego cantador de viola e soube do meu destino. Eu vivia preso em casa, como um bicho. Não queria saber de nada, nada me alegrava. Minha mãe me levava no rio, quando ia lavar roupa, punha uma vara nas minhas mãos para eu pescar e lá ficava horas, triste, isolado. Então, o cego cantador apareceu. À noite, as moças e moços se juntavam para dançar e a violinha gemia sem parar. Eu saí do meu canto e me aproximei do tocador. Ele compreendeu minha tristeza e propôs ensinar-me a tocar. A mãe aceitou, ele armou a rede num canto e lá ficou uns dias. Aprendi logo, pois o cego tem a vista nos dedos. A violinha, desde então, tornou-se minha amiga, minha confidente. Passados alguns dias, o cego se despediu. Mãe e pai queriam que ficasse, mas ele disse: "O menino já sabe tudo que sei, agora é tocar. O sentimento ensinará o resto, e eu preciso partir. Este é meu destino, o de tocador de viola". No dia seguinte, partiu e eu fiquei, já não sentia tanto a cegueira. No sábado, as moças e os moços dançavam ao som de minha violinha. Um dia parti, quando pai e mãe morreram...

Justino perguntou:

— Para onde vamos?

— Em direção das terras de São Francisco de Canindé.

— É grande a fazenda?

— Não, m'nino, não é fazenda, é cidade, tu não conheces cidade, não é?

— Não, senhor.

— Pois é uma "montoeira" de casas, muita gente, a feira...

Justino prestava atenção às explicações do cego. Era a primeira vez que alguém conversava com ele coisas diferentes, coisas que não falavam de plantação, de seca.

— Vais gostar, a feira é alegre, há movimento, eu vou tocar só as modinhas alegres. Na feira, ninguém gosta de ouvir falar em tristezas.

O caminho se estende sem fim, o calor toma conta de tudo. Justino caminha pensativo.

Por que o pai e a mãe nunca foram morar na cidade? Por que viviam naquela miséria de sofrimento, se na cidade havia de comer?

Assim dizia o cego: feijão, farinha, rapadura, aos montes.

Paravam e tornavam a partir. Os dias se sucedendo. Atravessavam algumas terras, cujos donos não lhes permitiram parar nem se aproximar da casa, com medo da invasão dos retirantes.

Era-lhes permitido atravessar as terras, ao largo.

Numa manhã, um dos homens encontrou um tatu, ainda vivo, fora da toca. Foi uma festa. O fogo crepitava alegremente. Os pirilampos sumiram com as chamas, as crianças pararam de chorar e olhavam a carne a chiar na panela e o caldo a pular no caldeirão.

Mas a comida, caindo nos estômagos vazios, dá contrações violentas, e eles se sentem pior do que antes. Uma fraqueza põe as suas pernas bambas, frouxas.

Chico Cego caminha, pisando de leve. Justino pensa que ele voa e vai conversando sem parar, conta casos, ora tristes, ora alegres. Não espera resposta.

Ele fala e o menino ouve:

— Já vi dias mais tristes que estes, vi o inverno começar em abril. O gado morreu todo. O patrão gritava: "Levantem, seu preguiçosos, aquela vaca que caiu, não deixem ela deitada, que depois não se levanta mais, custou um dinheirão...". E, qual nada, nós fazíamos força e a danada soltava um berro e morria ali mesmo.

Não havia um pau de mandioca para matar a fome. Nada, nem água nas cacimbas. Tudo crestado, mais cinza que agora.

— Deixe de tristezas, homem, cante uma modinha. Mecê parece carcará em cima de bicho novo.

O cego, enquanto caminhava, pois para ele não fazia diferença fincar os olhos murchos no chão ou no céu, tocava e cantava.

Nessas horas, Justino sentia mais saudades da mãe, do pai. Até se lembrava do papagaio, dos padrinhos. A estrada se estendia invencível, sempre para a frente.

Um dia, Justino, que até então só respondera às perguntas do companheiro, disse-lhe:

— Parece que a gente engole a estrada e ela sempre aumenta, sempre cresce. Que será?

— É isso mesmo m'nino, é a canseira, a gente até chega a pensar que ela não tem fim. A estrada é igual à fome, a gente come e ela continua danada, na barriga da gente. Já percorri estes caminhos tantas e tantas vezes e eles me parecem um só, o da partida. É a seca, ela não muda o jeito das coisas.

Justino ia aprendendo. A vida não era o pai e a mãe, o casebre, a plantação da manhã ao pôr do sol. A vida era isso tudo e também aqueles homens e mulheres e mais as crianças, na estrada sem fim.

Uma das crianças chora desesperadamente, com dor de dente. O calor parece aumentar com o choro. Todos se sentem cansados demais, esfomeados demais, nem forças têm para se enervar.

Marcham, porque o instinto de conservação os obriga. Assim, tragando estradas, caatingas, cantando à noite e contando as estrelas, sentindo um vazio permanente no estômago, as pernas mal sustentando os corpos magros e enfraquecidos, chegam a um lugarejo chamado Croibero.

# 5

Antes mesmo de entrar na cidade, encontraram o campo, onde se abrigavam os retirantes. Algumas choças de pau a pique e sapé, estacas fincadas no chão seco, onde armavam as redes e água... Água em barricas, mas à vontade. Podem bebê-la, cozinhar os alimentos, a carne-seca, coar o café, tudo isso fornecido pela Saúde Pública, que os detém ali, naquele pouso, por três dias, até passarem por vários exames. Muitos deles são portadores de maleita, outros estão disentéricos, cheios de parasitas, piolhos e sarna.

Mas, para os retirantes, apesar de sua rusticidade, o abrigo é algo de maravilhoso, um paraíso, depois de todo o sofrimento da viagem. Lá encontram um canto, onde armam as redes, já não precisam dormir no chão, sujeitos às mordidas de cobras e picadas de formigas terríveis como o fogo. As mulheres se entusiasmam de poder lavar seus trapos.

Após os exames médicos, os doentes são internados num posto provisório, e os outros partem. Não podem permanecer na vila, que não oferece possibilidades de subsistência, a não ser a seus habitantes.

E, assim, depois dos exames exigidos por lei, tendo recebido um pouco de alimento para a viagem, refeitos ligeiramente do cansaço, são obrigados a partir. Para onde?

Uns contam com parentes em alguma fazenda, outros procuram cidade maior, Canindé, Fortaleza, Crato, e daí partem para o sul, numa aventura tremenda, e outros, enfim, ficam pelas estradas, sem rumo a tomar, esperando a seca passar.

Só a fome era certa, constante e permanente. Foi, pois, com imensa alegria que o pequeno grupo avistou o campo e lá aportou. Pelo menos por três dias viveria humanamente e não como animais.

Chico Cego e Justino, antes mesmo de atingir o campo, pararam para conversar. Ao cego não agradava a ideia de campo, das limitações impostas. Estava habituado a percorrer livremente as estradas, ao seu sabor, cantando e dormindo e comendo onde lhe aprouvesse.

— M'nino, tu sabes, nada temos, nem casa, nem de comer nem de beber. Temos, eu a ti, tu a mim, e o Pitó é da gente. Nada mais. E o céu por "riba", azulão, com o sol a torrar a estrada que não acaba nunca. Mas temos a liberdade, essa é nossa, vamos aonde a gente quer ir!

Pitó só erguera a cabeça ao ouvir o seu nome. Não dava mais para sacudir o rabinho, alegremente, a barriga de tão vazia parecia estar grudada às costas. Pitó era assim, como um arco de bolo, que tivesse uma cabeça e cauda para enfeitá-lo.

— M'nino — prosseguia o cego, enquanto os retirantes, animados pela esperança de comida, apressavam o passo em direção ao campo de assistência social. — M'nino, temos nós e nada mais e, a meu ver, já é uma coisa grande a gente ter um ao outro. Tu estás vendo o campo, não estás? Onde os retirantes vão como gado, encurralados.

Andou mais um pouco e farejou o ar, como os cães farejam a caça.

— Deve ser por aí mesmo. Sinto seu cheiro. Vivo por estes caminhos e ainda não me esqueci deste cheiro. É sempre o mesmo.

Justino alonga o olhar, acompanhando a turma que se dirige ao campo. Lembra-se do gado que o padrinho tangia à tarde, campo afora, até encontrar o curral.

O boi... ô... ô... e lá iam eles mansamente, para o pouso noturno.

O boi... ô... ô...

O cego fala outra vez.

— M'nino, temos nós e mais nada, não gosto do campo, prefiro guiar minha própria vida, apesar de cego. Que dizes?

— Que mecê quiser.

— Tá bem, já que és m'nino e nada entendes da vida, eu decido. Vamos para a cidade, tu guias — e, delicadamente, pousou as mãos no ombro do menino. — Tu és meus olhos. Para nós a lei não é brava, não. Sou cego, e tu, meu companheiro. Ela me deixa ganhar o de comer na feira. Podemos chegar à vila, sem susto, sem medo da polícia.

Afastam-se do campo, lá deixando os companheiros de sofrimento, lutas e tristezas.

— Até logo!

— Até breve, companheiro.

— Até a vista.

Prosseguem os três. A estrada se estende vermelha, quase roxa, até atingir o casario pobre, que se agrupava em torno da igreja. Justino nunca vira, em seus doze anos de existência, tanta casa. Foi com o coração aos saltos que rumou para a vila.

É manhãzinha. Caminham o quilômetro que os separa do lugarejo, que ao menino parece dez, tanta pressa sente em ver a cidade de perto, em conhecer o lugar onde, segundo ouvira contar pelos companheiros, havia comida e bebida em abundância.

Seria verdade? Ou teriam sonhado, como ele vinha sonhando há tempos, desde que deixara a casa? Sonhava com o pai, a mãe, os campos plantados verdejantes, milho, mandioca. Eles fartos e ainda gamela sobrando para Pitó. O papagaio gritando "Mãe, qué café!" e o perfume gostoso da bebida recém-coada. Sonhava com isso, todas as noites, depois acordava com a fome apertando a barriga e o choro das crianças pedindo de comer. Talvez acontecesse o mesmo com os companheiros de viagem. Quem sabe teriam sonhado?

Caminham sob o sol forte. A estrada desemboca na ruazinha estreita, de casinhas simples, pobres, que ao menino parecem lindas e ricas. Somente vira assim, e melhor, a casa-grande da fazenda.

Movimento intenso, aumentado por uma briga de cachorros, que espalhavam lixo e encontraram osso, motivo da disputa. Galinhas ciscam. Um gato preto e marrom dorme à janela de uma casa. Um louro pede café. E, tudo aquilo, de repente, faz Justino pensar em sua casa, no sítio.

Aos poucos, as casas maiores vão aparecendo, o local vai perdendo certo ar de campo e ganhando características de vila. Justino olha tudo com interesse, o que lhe põe o estômago vazio a lhe dar tonteiras e zumbidos na cabeça.

— M'nino — diz o cego aspirando o ar, erguendo para o alto seus olhos murchos. — Aqui me parece que há festa... sinto seu cheiro no ar. Vamos, tu não vês?

— Não, senhor, não sei, não.

— Deve haver, por certo, vamos perguntar.

Ouve passar um transeunte e erguendo a voz, lhe diz:

— Mecê, por favor, não interrompendo seu passar, me diga, que festa há por aqui?

— Festa de São José, sim, senhor, e é bom um cantá, para animar a feira.

— Ah... há feira?

— Sim, e por nove dias, seu violeiro, que o santo merece nossa estima. É santo de devoção do lugar. O amigo terá que afinar sua violinha e soltar a voz. Chegou em boa ocasião. O povo faz novena para pedir água, ela já está minguando nos poços. Sinal de grande seca por essas caatingas. Mecê veio de lá?

— Sim, senhor.

— E vai parar aqui?

— Sim, senhor, mais meu companheiro, até o final da feira. Quero ganhar meu dinheiro.

— Faz muito bem e é boa a ocasião. Até mais tarde, a gente se encontra ainda por aí, a cidade é quieta, pequenina.

— Até logo e obrigado.

— Até logo.

— M'nino — diz o cego —, estamos com sorte, chegamos em boa ocasião. Há festa, na festa há feira, há na feira o que se comer e é o que vamos fazer, logo, loguinho. Que achas? — e deu uma gostosa gargalhada. A perspectiva de um bom pedaço de ceará com um punhado de farinha o alegrava. — Tu não respondes? Não queres comer?

— Sim, senhor, quero comer, mas não tenho o que... — A voz faltou-lhe.

— Que tens, m'nino, estás desanimado? Bem agora? Logo sentirás o gosto da carne, espera um pouco. Estamos na cidade, não estamos? Sinto sua vida.

— Sim, senhor, o casario a perder de vista, um montão de gente passando.

— Vamos procurar a feira, é lá o nosso destino. Olha e vê onde fica.

— Não sei, não, senhor.

— Ô m'nino, precisas te espertar, olha de que lado vem gente, mulher com cesta, cachorro. Sinto o cheiro que vem daquele lado... cheiro de carne assada, chiando na brasa, cheiro de caju, de batata-doce. Não vem gente de lá, muita gente?

— Sim, senhor.

— Então, vamos.

Caminham em direção à feira. Era ainda manhã, o calor mais fraco do que na caatinga. Lá o sol batia livremente, torrando tudo. A terra parecia fornalha. Na cidade as casas aparavam seus raios.

Justino olha tudo com interesse, o movimento de animais, de carros, de gente que se entrecruza sem parar, nem para se cumprimentar. Que mundo estranho! Jegues carregados com caçuás, meninos com tabuleiros nas cabeças, mulheres com cestos.

Pitó escapara de ser atropelado e se grudara ao calcanhar do dono, sem coragem para mais nada. O único que parecia senhor de si, dono da vida, era o cego. Caminhava, cabeça erguida, violinha do lado, airoso, leve como quem estivesse bailando. A mão, mal tocando os ombros do menino.

De repente, a feira, bem ali, na curva do caminho. Um mundaréu de gente que falava, gesticulava, como se estivesse brigando. Pitó e Justino se assustam, um põe-se a ganir, aflitamente, o outro encolhe-se mais. Que estaria acontecendo? O cego sentira a contração do menino, sob seus dedos sensíveis, ouvira o ganir do cão e compreendeu logo o que se passava.

— Estás com medo? Isto é a cidade, ela é assim mesmo, com este mundão de gente. Não te assustes. E aqui é uma vila, tu não imaginas o que seja Canindé ou Crato.

Abria as narinas e aspirava os odores, com a satisfação de quem estava comendo bocados de deliciosos manjares, o rosto iluminado de alegria.

— M'nino, vamos ficar por aqui mesmo e comer. Tu vais ver, daqui a pouco estaremos comendo um pedaço de carne-seca e rapadura. Deixa que eu ponteie minha violinha. É só começar. Onde fica a passagem da feira?

— Aqui mesmo, sim, senhor.

— Pois é aqui que vamos ficar.

A voz do cego está alegre, vibrante.

— Tu me arranjas uma pedra para banco.

O menino guia-o a uma saliência do chão, bem mais alta do que o nível, e lá faz o cego assentar-se. Pega a violinha, afina suas cordas, depois coloca-a na frente, bem visível e, no chão, a cuia de coco, com a qual bebia água, para receber as esmolinhas. Qualquer níquel serviria.

Dedilha... e começa a sentir a feira, seu vaivém, suas conversas, seus perfumes.

Justino de pé, ao seu lado, parece um bobo. Nunca vira e nem sonhara com tanta comida. Existiria mesmo tudo aquilo? Frutas coloridas, montes e montes de mandioca, de amendoim, sacos de farinha e mantas de carne-seca, dependuradas em jiraus. Imóvel, abobalhado, engasgado com a saliva abundante que lhe escorre pelo canto da boca, não sabe o que olhar e seus olhos não se detêm em nada. Ansiosos, vão das frutas para a carne e vice-versa. Seu estômago se contrai, a fome de doze anos parece-lhe agora ter crescido e subir à tona, e extravasar-lhe pelo olhar guloso.

— É bonita a feira, m'nino? — pergunta-lhe o cego, ante seu prolongado silêncio. — Até perdeste a fala, hein? Também eu, quando m'nino, fiquei bobo. Agora, já me acostumei com seu barulho. Vamos começar a ganhar dinheiro, antes que ela se acabe. Tem muito de comer?

— Sim, senhor, farinha, jabá, rapadura.

— Pois vamos ganhar dinheiro e já.

O cego põe-se a cantar com sua voz fanhosa e triste:

> *Pela vontade divina,*
> *tive a sina*
> *de nascer na escuridão!*

> *Mas se Deus, que eu não renego,*
> *fez-me cego,*
> *pôs-me um sol no coração.*

> *Se pelas mãos tu me levas,*
> *eu, nas trevas,*
> *mais feliz do que os ateus*
> *tendo a Fé, que me alumia*
> *e que me guia,*
> *vejo a ti e vejo a Deus.*

> *Quando eu ouço a tua fala,*
> *que me embala*
> *que me faz em Deus pensar*
> *sinto n'alma a claridade*
> *da Saudade*
> *de uma noite de luar!*

*Cego, surdo, mudo, em vida*
*ó Querida,*
*eu quisera ser, porque*
*só o cego, surdo e mudo*
*é que vê tudo*
*o que vê tudo e não vê!*

*Esta noite, com meu pranto*
*eu roguei tanto,*
*supliquei tanto a Jesus,*
*que, depois de um sono brando,*
*eu vi, sonhando,*
*todo o céu cheio de luz.*

*É bem justo que eu consagre*
*este milagre,*
*que dos olhos faz descrer:*

*quando alguém quer ver o mundo*
*o que é profundo,*
*fecha os olhos para ver.*

Grupos de moleques, crianças, algumas magras, encardidas, esfarrapadas, outras com uniforme de grupo, ficam por ali a ouvir o cego. Uma dona de casa, com a cesta carregada, passa e joga uma moeda na casca do coco.

Justino e Pitó, parados, olham tudo, quase indiferentes, a fome lhes embotara os sentidos, tirando-lhes o ânimo para qualquer ação.

O cego prossegue sua cantiga, a voz trêmula, sentida. Mulheres e homens que passam jogam um dinheirinho. Pouco, porque são pobres, mas possuindo a vista, sentem-se todos ricos e por esse motivo condoem-se do cego.

Já haviam decorrido duas ou três horas, o cego cantava, Pitó e Justino, indiferentes a tudo, sentados lado a lado no chão, cochilavam.

– M'nino – chama-o o cego –, quanto temos? Tu estás com fome, não é?

— Não sei, não, senhor.

— Nunca viste dinheiro?

— Não, senhor.

— Junta as moedas, já vou contar.

Mansamente, passa os dedos sobre as moedas. Apenas duas grandes, e as restantes pequenas.

— Temos dois cruzeiros, m'nino, e isso já dá para a farinha e a rapadura. Vamos comer.

Levanta-se, prende a viola nos ombros e se dirige para o lugar de onde vem o cheiro da carne assada.

Perto dele, o menino parece ser o cego, enquanto ele tudo vê. Aproximam-se de uma mulher que assa carne num braseiro:

— Quanto custa o naco de ceará e um punhado de farinha?

— Um cruzeiro.

— Pois dá um bem dado, que é para um pobre cego e seu companheiro.

A mulher corta um pedaço vantajoso, enche a cuia de farinha, e o cego paga.

— "Tá" aí seu comer; depois quero ouvir sua voz mais firme, num cantar mais alegre. Dei a mais.

— Deus lhe pague, tia, e lhe aumente.

— Que São José nos mande a chuva.

— Ele mandará.

— Agora, m'nino, temos o de comer, depois a gente procura teto. Vamos para nosso canto.

Voltam ao lugar primitivo, sentam-se e põem-se os dois a comer, tirando da cuia os fiapos de carne e jogando na boca punhados de farinha.

Justino tenta comer, mas o estômago se contrai, nega-se a receber a comida. Estando vazio há dias, parece ter se desacostumado de trabalhar.

O cego, que tudo percebera com sua grande sensibilidade e conhecimento da vida, aconselha:

— M'nino, mastiga um pedaço de ceará, devagar, bem devagarzinho. Saliva junta na boca, você engole a carne e assim não faz mal.

Até o estômago se acostumar. Nada de pressa! A gente vê a comida e quer comer, mas pra quem está desacostumado, precisa de jeito.

Aos poucos comem, depois o cego diz:

— Onde tem água? Tu não vês um poço?

— Sim, senhor, lá mais para a frente vejo uma bica, um fiozinho que para numa vazilha.

— Então leva a cuia e nos traz um pouco dela. O calor está "brabo" e a carne deu mais sede.

Justino toma o coco vazio e se dirige à bica onde vira algumas mulheres recolher água.

Bebe o líquido fresco, leve, lava o rosto, sente-se melhor. Pitó também esfrega o focinho rachado no barro úmido, que cerca a fonte. Depois, voltam até o cego.

— Que gostosura, como isto é bom! — exclama, bebendo e deixando a água cair-lhe pelo pescoço indo molhar a camisa suja. — Agora, m'nino, pra gente estar bem de todo, só falta um teto. Vamos procurar uma casa. Quando viemos para cá, tu não viste uma ponte?

— Sim, senhor.

— De que lado?

— Pra cá do campo, quase na cidade.

— Pois ela será nosso teto. Já dormi muitas vezes embaixo da ponte, é até gostoso, fresco, úmido. Vamos?

— Como mecê quiser.

— Então, vamos. Tu estás melhor, não estás? Foi pouco, mas já ajudou. Que dizes?

— Sim, senhor.

Caminham, o sol continua a torrar. O movimento acalmara-se, a cidade parece dormir, abrasada pelo sol a pino. Janelas e portas fechadas. Não parece a mesma que de manhã era som, movimento, alegria. Caminham deixando a feira, as casas, atravessam a viela de barracos e chegam à entrada da cidade, onde, nos bons tempos, corria um rio, agora um lençol lamacento e vermelho.

— Chegamos — diz o cego.

— Como mecê sabe, se não vê? — pergunta Justino, olhando seus olhos vazios, murchos.

— Sinto o ar mais úmido, só não ouço as águas, por causa da seca. Vamos ficar sob a ponte, num lugar limpo, sem lama e pedregulhos. Isto podes ver com teus olhos.

Justino conduz o velho para um declive ameno. Pitó já correra na frente, esfregando-se no lamaçal, ganindo feliz.

— Veja, o animal também sofreu como a gente a seca. Agora, alegra-se com o fresco do barro da nossa casa... e ri feliz. A barriga com comida até alegra a gente... Vamos trabalhar.

Estende a rede, a trouxinha, com cuidado apalpa o chão, encontra um lugar adequado, senta-se e põe a violinha ao lado. Bate nela amorosamente, como quem acaricia uma criança: "Eta companheirinha, tu andaste muito por esses caminhos, não?".

— Justino, ó m'nino, tu falas pouco, vamos, anima-te, amanhã vamos comer mais. É preciso ir aos poucos, para acostumar o estômago.

— Está bem, senhor.

— Sabes o que podias fazer? Um pocinho no leito do rio para a água se juntar. Amanhã arranjamos uma garrafa e trazemos água fresca da vila. Hoje nos contentamos com o pocinho.

— Sim, senhor.

Inclina-se sobre o leito, num lugar mais limpo, menos lodoso, onde há uma boa camada de areia e escava com as mãos uma bacia, onde durante a noite a água irá depositar-se. Antes, porém, leva um punhado de barro à boca e o engole. Era assim que muitas vezes enganara a fome. Gostava do sabor do barro, mas depois se arrependia. Ele pesava no estômago, dando-lhe náuseas e queimando como fogo.

— M'nino — diz Chico Cego —, não quero que comas barro, terás sempre o de comer. Barro incha na barriga e faz muito mal.

— Mecê não enxerga, seu Chico, e como sabe que comi barro?

O cego ri, um risinho curto.

— Não vi com os olhos do corpo, m'nino, mas vi com os olhos da alma... Também fui criança, também senti o cheiro do barro e comi. Depois a barriga inchou, doeu. A gente parece carregar o mundo nela e o estômago vazio. Amanhã vou cantar melhor uma modinha, alegre, tu vais ver, as moedas vão chover na cuia... E o naco de jabá será maior.

Pitó, exausto, acomodou-se na areia e Chico e o menino também se espicharam nas redes.

A tarde escorre e a noite chega.

Logo de manhãzinha, Justino acordou. Céu azul, sol vibrante. O calor do sol nascente não chegara embaixo da ponte e certa doçura da noite persistia.

Atordoado, Justino não sabe onde está; sonolento, entreabre os olhos e fita a nesga de céu, que divisa somente de um lado, e se lembra de tudo, da feira, da comida. Sente-se farto, o estômago mal acostumado a trabalhar não digeria toda a farinha e mais o belo naco de carne gorda, a escorrer banha de todos os lados.

Vira-se na rede, preguiçosamente, com a leve noção de que o dia é diferente, é um outro dia. Nada de estradas, nem de caatinga, de sede, e pensando na sede, o pocinho já devia estar cheio!

Vira-se mais uma vez na rede. Com o ruído da palha amassada, Pitó abre os olhos e vê o menino que ainda está deitado, e torna a dormir. Ele também participara do banquete, ganhara um bocado de carne. Sentia-se farto e contente. Justino, deitado, olhando o céu, pensa, revê tudo aquilo que presenciara no dia anterior. Tenta se equilibrar, responder às perguntas que surgem em sua cabeça, um tanto desordenada pelas várias emoções sofridas. O que mais o impressionara fora a fartura da feira, os caçuás cheios de carne e de verduras, as frutas, a mandioca.

Na caatinga, nos campos, aquela miséria!

Por que seria assim? Por que, no mundo, essa diferença de comer? Um pedaço de rapadura, um punhado de farinha e nos bons tempos um naco de carne, já era uma festa. Repentinamente, tudo aquilo a se espalhar pelo chão, os caixotes, a carne pendurada em varapaus, mantas e mantas de carne.

Olha para o cego que dorme. Coitado, pensa, nunca poderá ver esse céu azul e tantos outros pelos caminhos. Em todos os lugares da Terra haveria cegos a cantar para comer?

Pitó gane e se coça. Também Justino sente coceira no pé, onde o bicho se avolumara e crescera. Precisa com urgência tirá-lo antes que se torne batata e doa. Ali, não terá a mãe para cuidar como das outras vezes. E, se esta estivesse com ele, a presenciar a feira? A ver tanta fartura!

Chico Cego acorda com o sol a lamber-lhe os olhos secos. Tateia, senta-se na rede estremunhando, porém, já desperto.

— Eta sede danada, parece que nasce na alma. M'nino, já acordaste?

— Sim, senhor.

— Bom dia, então, que o Senhor do Bonfim te abençoe. Ele nos ajudará hoje a ganharmos uns níqueis para o jabá. Estás contente?

— Estou, sim, senhor.

Pitó levantara-se e dera duas ou três lambidas no rosto do cego, que encontrara mais ao alcance, testemunhando sua alegria.

— Tu também estás feliz, hein, danadinho! M'nino, tu queres me dar uma cuia d'água? Eta sede danada. O pocinho juntou água?

— Juntou, sim, senhor, vou buscar.

Justino levanta-se e se encaminha para o leito seco. No pequeno poço que escavara depositara-se, durante a noite, um pouco de água. Colhe-a com cuidado, leva-a ao cego e somente depois é que bebe um gole, para refrescar a garganta queimada pelo sal da carne.

— Estás bem? Por que estás tão quieto?

— Estou bem, sim, senhor, e mecê?

— Sonhei muito, a comida pesou, o estômago estranhou a nova companhia. Não estava acostumado a tantas visitas assim.

E ri seu riso feliz.

— Hoje teremos mais, precisamos andar, está bem na hora, sinto o calor do sol. Vamos, quero chegar cedo à feira e cantar umas modinhas tristes de fazer as donas chorarem e outras bem alegres.

Justino enrola as redes.

— É melhor deixar num canto — propõe o cego —, longe da vista dos passantes. Muita gente gostaria de ter uma rede assim bem trançada!

Prende a violinha ao pescoço; para se pentear, passa a mão na carapinha branca.

— Pronto, podemos ir?

Pitó os acompanha. Caminham pela estrada, o cego a pousar de leve a mão no menino, passo miúdo, cabeça levantada, o sol a escaldar seus olhos sem vida.

O ruído da cidade, depois o da feira, vão encontrá-los a caminho...

# 6

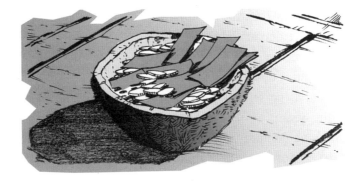

A vida melhorara para os três; já que comiam seu naco de carne, um punhado de farinha. Para dormir, sob a ponte; para beber, água lamacenta do rio ou a que traziam.

Unidos, um servindo de amparo ao outro, tudo lhes parecia melhor, mais acolhedor, apesar de Justino ainda se assustar com o movimento da vila, seu contínuo vaivém, crianças alegres vindo para o grupo, os jegues carregados, o grito dos vendedores.

A vila se preparava, festiva, para a novena de São José, para pedir chuva. No pátio da igreja, bandeirolas de papel colorido se cruzavam nos galhos de bambu. Rojões e bombas explodiam de vez em quando, à chegada de um fazendeiro, ou de seus familiares. À tarde, a procissão saía em direção ao rio. As ladainhas cortavam o ar. Bumbo e viola faziam fundo musical.

Todo esse movimento novo, estranho, mais a fartura da feira, muitas vezes davam indisposições ao menino, a cabeça rodopiava, o estômago fraco revoltava-se à vista de tanta comida e, ao mesmo tempo, sentia fome insaciável.

Chico Cego cantava na feira pela manhã e à tarde, no pátio da igreja, antes e depois da procissão. Sempre havia alguém que, condoído de sua sina, lhe desse uns tostões.

À noite, sob a ponte, olhando a nesga do céu estrelado, Justino sentia saudade dos pais, da vidinha que ao lado deles levava, no sítio, carpindo o chão, cuidando das aves, tocando o gado.

Lembrava-se, depois, do tempo da seca, do gado morrendo, do rio lamacento, do fogão apagado, sem ter o que de comer.

Talvez fosse melhor ali, na vila, mas por que, por que não poderia ter comida no sítio? Carne, farinha, rapadura, não precisar comer barro, ou partir e deixar tudo?

Os dias se passavam, já fazia uma semana que estavam na vila e já se sentiam mais descansados.

Certa manhã, na feira, o cego deu um punhado de moedas ao menino e lhe disse:

— M'nino, vá comprar o de comer para nós. Vou ficar cantando, hoje é o dia da romaria e tem muita gente na feira. Precisamos de roupa e, se der jeito e o santo nos ajudar, ganharemos um pouco mais de dinheiro. Tu precisas te espertar, aprender a lidar com dinheiro, comprar farinha, jabá e mesmo umas bananas, que hoje é dia de festa. Tu gostas, não gostas?

— Sim, senhor.

— Fico aqui, cantando. Verás que hoje o dia será de sorte, estou sentindo pelo ar.

— Chico Cego, como mecê sabe todas essas coisas?

— M'nino, já vivi muito e, porque sou cego, sinto tudo com mais precisão do que os que veem. Quem vê passa os olhos por cima, saciado. Eu, eu vou até o fundo... Agora, toma o dinheirinho para as compras.

Justino prende o dinheiro, fortemente, na mão cerrada e caminha para a feira. Sente medo, desamparo no meio do povo que gesticula, fala alto, parece estar sempre com pressa e brigando.

Não sabe por onde começar. Há vários sacos cheios de farinha, jacás com batata-doce, carne e peixe seco, suspensos dos jiraus, cachos de banana pelo chão.

Justino vai e vem indeciso, acostumado, desde pequeno, a ser guiado. A única decisão que tomara só, na vida, e assim mesmo num impulso momentâneo, fora deixar a casa e se retirar para o sertão. Também, lá, nada mais lhe restava.

Nesse ir e vir, avista um homem magro, rosto macilento, olhar manso como o do pai. Parece-lhe ao longe o pai. Sente-se atraído e confiante. Ele, por sua vez, olha o menino e sorri.

— Tu vais comprar?

— Sim, senhor, farinha, carne e banana, se o dinheiro der.

— Quanto queres de farinha?

— Uma medida.

É assim que ouvira o cego fazer suas compras.

— Também carne-seca? Gorda ou magra?

— Gorda, sim, senhor, um naco.

— De quanto?

Justino abre a mão e olha o dinheiro. De quanto? Não sabe contar, não conhece ainda o valor do dinheiro.

Enquanto o vendedor, de costas, media a farinha, um rapaz alto, olhar astuto, vem se postar lado a lado com Justino. Nota o ar inocente, simples, do menino a espiar as moedas no côncavo da mão, sem saber o valor delas.

— Tu queres que te ajude, ó mano? Conheço bem as moedas. Deixa-me vê-las, antes que te enganem.

Justino, sem malícia, dá-lhe as minguadas moedinhas. O rapaz toma-lhe o dinheiro, com uma rasteira joga-o ao chão e sai correndo por entre o povo.

Surpreso, sem reagir, estatelado no chão, Justino põe-se a chorar. Pitó gane, desconsoladamente. Alguns transeuntes param, forma-se logo pequena aglomeração.

Aqueles que haviam presenciado toda a cena tentam pegar o moleque ladrão, que foge pela vila e se perde num corredor de casebres.

Uma vendedora, condoída, ar maternal, tenta consolar o menino.

— Vamos, não chores assim, era muito dinheiro?

— Não, senhora, não sei — consegue falar Justino, e logo os soluços o sacodem todo.

— Ora, menino, que é isso, levanta-te, o mal não é tão grande assim, dá-se logo um jeito — diz uma senhora que ali parou desde a ocorrência. — Vamos, levanta-te!

Dá-lhe a mão, ajuda-o a se erguer.

— A gente não deve se desesperar, era teu o dinheiro?

— Não, senhora, era de Chico Cego.

— Teu pai?

— Não, senhora, não tenho pai nem mãe.

— Onde moras?

— Sou retirante, sim, senhora.

— Ah! E ainda não tens onde morar?

— Não, senhora.

A mulher olhava-o compassiva. Havia ternura em seu olhar. Era uma senhora baixa, olhos mansos.

— Não precisas chorar assim, olha só o que vou te falar, tu queres ganhar um dinheirinho? Estava mesmo à procura de um menino para me ajudar a carregar as cestas. Tu queres fazer esse serviço?

— Sim, senhora, mas preciso falar com Chico Cego, ele está me esperando — soluçava ainda, encolhidinho em sua tristeza.

— Isso é o de menos, vamos até lá. É aquele cego cantador, não é?

— Sim, senhora.

Justino parara de chorar, secara os olhos nas mangas da camisa e tomara as cestas nas mãos. Seguiram em direção à voz do cantador.

— Chico Cego?

— Ó m'nino, por que demoraste? Pensei até que estivesses perdido por aí. Já ia pedir para alguém te procurar.

Justino desandou, novamente, a chorar e Pitó, para não deixar passar a ocasião, pôs-se a ganir.

O cego tateava na escuridão, procurando o menino, querendo saber o que se passara, ali, aflito e desamparado.

— Não precisas chorar novamente — intervém a mulher. — Não vês que assim assustas ao cego? Não foi nada não, um moleque roubou-lhe o dinheirinho e ele agora chora com medo.

— Tem medo não, m'nino, pois não sabes que te estimo? Foi-se o dinheiro, logo virá outro. Nosso Senhor do Bonfim não desampara os pobres. Tu não te machucaste, não é? Então!

Procurava com as mãos a cabeça do menino, atraindo-a ao peito, cheio de amor.

Justino, porém, não parava de chorar, desconsoladamente, pensando na rapadura e farinha que deixara de comprar. A fome apertara com todo aquele cheiro a se espalhar no ar.

— Vou cantar uma modinha de amor e logo verás como chovem moedas. Estás com fome, eu sei, a barriga se acostumou com o punhado de farinha de todos os dias e, agora, reclama.

— Se é por causa do dinheiro, dou um jeito. Falei com o menino para ele carregar as cestas, e darei algum dinheirinho e também o de comer.

— É longe? O menino é novo aqui, nada conhece da vila.

— Um tiquinho, ali pertinho da praça, não há perigo, não. Seu Chico não precisa se preocupar, é já, somente coisa de levar as cestas, tomar um gole de café com um punhado de farinha. Não se preocupe.

— Posso ir, Chigo Cego?

— Pois vá, cuidado com os burros, não te percas pelas ruas.

— Sim, senhor.

— Até já, não se preocupe, o menino precisa se desembaraçar.

Chico Cego ponteia a violinha. Pitó olha indeciso para um, para outro. Ir ou ficar? Depois, pende pela aventura e resolve acompanhar o dono, que já ia longe.

— M'nino, como te chamas?

— Justino, um seu criado, sim, senhora.

Enquanto conversavam, ou melhor, enquanto dona Severina faz perguntas e Justino responde, as cestas vão-se enchendo: mandioca, maxixe, abóbora, feijão-de-vara.

— Então, és retirante?

— Sim, senhora.

— Como estás fora do campo?

— Porque meu companheiro é cego e cantador de viola.

— Perdeste teus pais há tempo?

— Não, senhora, foi pouco antes de vir que a mãe morreu.

— Com quem moravas?

— Ia morar com o padrinho, sim, senhora.

— O cego?

— Não, senhora, o cego é companheiro — e, então, com esforço, contou-lhe sua pequena história.

Assim, conversando, atravessam a pequena praça da Matriz.

— É aqui — diz dona Severina, empurrando um portãozinho, no meio de uma cerca de taquara, a delimitar o quintal sombreado por várias árvores frutíferas, onde predominavam os cajueiros. Três ou quatro cachorros, ouvindo e pressentindo a dona, correram a festejá-la e dão com Pitó, que mesmo antes de ser acuado, saiu ganindo de medo. Alguns gatos, que se haviam aproximado, ao ouvirem os fortes ganidos de Pitó, eriçaram os pelos e só um, malhado, gordo e velho, se aproxima ronronando, feliz.

— Passa, bichano, tu me atrapalhas, quase caí. Já chegamos, vamos, não tenhas medo, entra.

Abre a porta da cozinha, queimada pela fumaça. No canto, um grande fogão de lenha, com o fogo quase extinto.

Corre a assoprá-lo, vermelha pelo esforço. Depois, enche a chaleira de ferro com a água que tira de um balde e a coloca na trempe. Tudo nela é alegre, feliz, jeito bondoso e maternal.

— Pronto, ainda não entraste? Que é isso? Estás com medo? Aqui não há bicho do mato. Põe as compras ali naquele canto, enquanto te preparo um pouco de comer. Já comeste hoje?

— Não, senhora.

— E ontem?

— Sim, senhora.

Dona Severina vira-se rápido para o fogo, atiça o fogo com mais força, põe o feijão numa frigideira, um punhado de farinha e logo prepara um virado. Tem quarenta anos, é baixa, gorda, cabelos lisos e pretos, repuxados para trás, num coque, olhar cândido. É a dona da pensão, mais do que dona, é mãe dos pensionistas.

Viera cedo para a vila, com os pais, fugindo da seca. Ali morava há trinta anos. Vivia só, sem grandes tristezas ou profundas alegrias, dedicando-se ao quintal, aos gatos e cães, quando certo dia fora procurada pelo filho de uns parentes da roça, que lhe pedira pousada, estava doente e precisava se tratar na cidade. Desde então, ela passara a receber pensionistas, dar-lhes cama, comida e parte do seu coração carinhoso e compreensivo.

"Pensão de Dona Severina", conhecida em toda Croibero por sua comida boa, simples, a casa limpa de chão varrido, um chá para as dores. Sabia esperar a paga de seus serviços, não era exigente, o pouco dava-lhe e sobrava.

Põe o virado de feijão num prato de ágata, coa o café, que logo perfuma o ar, dele servindo um caneco ao menino.

— Vamos, come.

Justino custava a acreditar no que via, seria verdade? Não estaria sonhando? Tudo aquilo era seu, para ser comido numa só refeição? O café, o virado e a carne! Só o cheiro do café já lhe havia trazido saliva à boca e a fome se apertara em seu estômago vazio. O dia anterior fora mau, não rendera nada, o cego havia estado meio adoentado.

— Vamos, que esperas?

Começa a comer, as mãos trêmulas mal firmam a colher. Leva a primeira porção à boca, quase não consegue engolir o virado. Depois, vorazmente, come tudo até a última migalha, deixando de lado o naco de carne-seca.

Dona Severina guardara as compras e já começara a preparar o almoço. De vez em quando, aparecia na cozinha um inquilino, servia-se do café da chaleira, e logo era posto a par do acontecido, da pequena história de Justino.

— Já acabaste? Não gostas da carne?

— Sim, senhora, gosto muito.

— E, então, por que não a comeste?

— Se a senhora deixar, vou levar a Chico Cego, ele está com fome.

— Podes comer a carne, arranjo um pouco de virado para ele.

Justino desfia a carne, comendo-a aos pedaços, com os mesmos gestos de quem reza, cheio de fervor.

Há quanto tempo não saboreava num naco de ceará tão gostoso? Aqueles da feira pareciam de couro de tão secos. Desde que saíra de sua casa...

Da boca de Pitó refestelado na gamela, junto à porta, escorria o mingau de fubá, com restos de jabá. Comera tão depressa que mal se sustinha nas patas.

Dona Severina colocara numa panela de barro o resto do virado, outro naco de carne, enrolara tudo em folhas de bananeira e entregara ao menino.

— Podes ir, senão Chico Cego fica preocupado, aqui está teu ganho. Um cruzeiro e mais o virado.

— Deus lhe pague, e lhe dê em dobro.

— Até mais, Justino, onde vais dormir?

— Debaixo da ponte.

— E depois?

— Chico Cego disse que vamos viajar até encontrar um lugar bom, onde a gente possa trabalhar e comer.

— Não vão embora logo da cidade?

— Não, senhora, logo não, pois Chico Cego está com o pé inflamado e não pode andar muito.

— Se eu precisar de ti para outro servicinho, vou te procurar.

— Sim, senhora, abença.

Já na porta, dona Severina bate de leve na cabeça do menino.

— Deus te abençoe, Justino.

— Amém, sim, senhora.

O menino vai alegrinho, como passarinho no inverno. Dinheiro na mão, barriga cheia, comida para o companheiro. O jantar garantido. Corre apressado para a feira. De longe a voz fanhosa e o som triste da violinha!

"Ai que saudade que tenho
da minha terra natal"...

— Chico Cego!

— Já estava com cuidado, não te perdeste?

— Não, é que a dona me deu de comer e mandou virado e carne pra mecê.

— Que dona boa, Deus lhe dê fartura! Também ganhei um dinheirinho, vê só a cuia. Quanto?

— Não sei, não, Chico Cego.

— Vou guardar, antes que passe por aqui outro moleque. Vê só, uma dona também me deu duas frutas. Deixei para tu comeres mais tarde.

Justino senta-se um pouco atordoado. Era o movimento, a comida... Enquanto o cego faz montinhos com o virado e os leva à boca, Justino se estira a seu lado e dorme.

Já a feira terminara, os feirantes começavam a recolher as mercadorias nas cestas. Alguns tinham animais de carroça, outros traziam as cestas ao lombo dos jegues, e o movimento acordou Justino.

— Vamos, m'nino, tu acordaste? A comida gostosa encheu-te o bucho? Que bom soninho tiraste! Está na hora da gente procurar nossa choça na ponte.

Ri-se alegremente e prossegue, enquanto o menino, ainda estremunhado, levanta-se do chão duro.

— Voltaremos mais tarde, para a procissão, as donas sempre têm dó de um pobre cego e as moças gostam de ouvir modinhas de amor.

Chico Cego era forte, acostumado ao sofrimento, seu permanente companheiro desde a infância, e não seria um dia de fome a mais em sua vida, ou a dor no pé ferido pelos espinhos da viagem, que lhe iria tirar a coragem, abatê-lo, impedi-lo de soltar sua risada despreocupada.

Prendeu a violinha às costas e partiram. Ainda lhe doía o pé, mal podendo firmá-lo no chão. Apoiava-se com mais força nos ombros do companheiro. No meio do caminho, Justino disse:

— A dona vai querer outro servicinho.

— Que bom! Logo serás homem, m'nino, tu estás trabalhando e ganhando o teu de comer.

A ponte, ao longe, é uma paisagem conhecida, um marco que parece acenar ao menino, dando-lhe as boas-vindas. Seu coração enche-se de paz. Lá ele se sente protegido, longe do burburinho da feira e da cidade, fitando as estrelas que muitas vezes ele vira por sobre seu casebre e cujos nomes a mãe lhe ensinara:

— Aquela lá é a cruz do Senhor, meu filho; aquela... são três irmãzinhas chamadas Três Marias, vivem sempre juntas.

Pitó correra à frente, para se jogar no leito, seco, ansioso por um pouco de umidade, o focinho sempre áspero e rachado, o pelo eriçado, o lombo cheio de bernes.

"Se a dona me desse um pedaço de toicinho fresco", pensa Justino, "eu tirava os bernes de Pitó, como vi pai fazer."

— Estamos chegando — diz o cego — sinto o cheiro do barro. Vou loguinho pôr meus pés nele, alivia a dor.

— Mecê precisava cuidar desse pé...

— Tens razão, m'nino, vou pôr um emplasto de mentruz, é bom para tirar o apostema. Está danando de dor.

Chegados à ponte, estendem a rede, sentam-se sobre ela, aproveitando o ar levemente refrescado, que sobe do leito úmido. E, felizes, esperam a tarde cair.

— Amanhã, m'nino, vou cantar modinha alegre.

Logo de manhãzinha, Justino acordou com a certeza de que algo de bom lhe aconteceria e se lembrou de dona Severina. Imensa alegria o invade, a possibilidade do trabalho, de ganhar dinheiro, ajudar o Chico Cego, beber o café quente, sentindo seu aroma subir, subir no ar antes mesmo de deixá-lo escorrer escaldante pela garganta ansiosa. Senta-se na rede de mansinho, para não acordar o companheiro que passara mal a noite, com o pé a latejar.

Está ali, preguiçosamente satisfeito, quando uma ideia lhe ocorre ao olhar o pocinho, onde a água se juntara menos turva. Se por ali houvesse uma daquelas cacimbas, iria se lavar. Há quanto tempo não o fazia? Nem se lembrava mais. Se aumentasse o poço, talvez desse para se limpar. Notara que a gente da vila andava limpa e sentira envergonhado de entrar na cozinha de dona Severina com seus pés sujos, roupa cheirando a sal.

Levanta-se da rede, desce à beira do rio, a água é pouca, mas represando-a a um canto dá para lavar os pés e as mãos. Também pentear o cabelo!

Apara o pouco de água com as mãos em concha e a vai jogando, gostosamente, da cabeça para baixo. Abre a trouxinha e de lá tira roupa limpa e as sandálias de couro cru. Há muito, desde que deixara a casa, não desfizera a trouxa e agora, ao deparar com a santinha, sente saudades da mãe, do pai, da sua choça, onde, na frente, plantara uns pés de cana.

O cego despertara e com seus sentidos bem desenvolvidos, sentindo o cheiro do couro cru, a umidade dos cabelos molhados, exclama, alegremente:

— Oxente, vais te casar? Tomaste banho, não?

— Sabe de uma coisa, Chico Cego? Vi a gente da cidade, é limpa, me olhavam com esta roupa suja e faziam cara feia.

— Tu queres agradar, não?

— A dona disse que me dará trabalho, enquanto a gente parar por aqui. Uns trabalhinhos. Que mecê acha, se logo de manhã eu for à casa dela?

— Tens razão, m'nino, tu deves ir, é bom trabalhar, isso engrandece o homem. Meu pai dizia: o homem que pode e não trabalha é pior do que o carrapato. Fico na cidade perto da feira, vamos aproveitar os dias de novena, depois a gente parte. A caatinga e os caminhos estão por aí, esperando a gente. De tarde, quando terminares teu serviço, tu me procuras. Quero tratar do pé, antes de voltarmos para a novena.

O dia começara quente, muito quente. Trabalhadores que caminhavam apressados, crianças, mulheres, com cestos, carroças, burros. O menino olha tudo com interesse, sentindo a vida da cidade diferente daquela que sempre vivera.

A feira não passava de um amontoado de sacos de carne, de peixes secos, mas aquilo, aos olhos deslumbrados do menino, parecia algo de fantástico, de inacreditável.

O cego acomodou-se no seu canto, cuia ao lado, violinha na mão e os olhos murchos erguidos para o céu.

Despediram-se.

— Abença, Chico Cego.

— Deus te abençoe, m'nino, não te percas por aí...

— Mecê fique com Deus.

Pitó, indeciso, não sabe que partido tomar, ir ou ficar! Justino assobia e ele, alegremente, evitando ser pisado, segue o dono, um pouco desconfiado das sandálias ringideiras. Vai feliz da vida, pois sabe que lá, para onde segue, há possibilidade de mais comida.

O menino caminha apressado, com os pés maltratados, presos na sandália de couro, trêmulo da própria ousadia. Sente-se preocupado: e se dona Severina já tiver ido para a feira e não o encontrando tiver arrumado outro menino?

Achou logo a casa. Estava acostumado a andar no mato, na caatinta, fazendo de uma árvore, de uma pedra, de qualquer coisa enfim, seu ponto de referência. Não se perdia facilmente.

A porta estava fechada.

Não sabe o que fazer, se deve bater ou deve ficar à espera. O melhor seria bater, mas onde a coragem? Gente que passa, gente que vem e vai, o calor aumentando. Justino, encostado à porta, espera que ela se abra, e se sente angustiado, arrependido de ter vindo. Depois de uns quarenta minutos, aparece pelos fundos um moço, que logo o reconhece.

— Não és o carregador de dona Severina?

— Sou, sim, senhor.

— E o que fazes aí encostado?

— Espero dona Severina.

— Ela sabe que estás aqui? Já bateste?

— Não, senhor.

— Então, por que não entraste? Como queres que ela saiba que estás aqui se nem ao menos bateste? Que esperas? Vamos, bate!

— Sim, senhor — porém não se anima, permanece encostado na parede, humilde, desamparado.

— Ora, deixa de ter medo. Vem comigo, o dia passa e não fazes nada! Ela já está pronta para ir ao mercado.

Entram pela porta do quintal que vai ter à cozinha.

— Dona Severina, aqui está o carregador da senhora. Encontrei-o na porta, com medo de bater. Até mais tarde.

Dona Severina saiu do escuro da cozinha, para a luz clara do quintal. Custou a reconhecer o menino com a cara lavada, cabelos alisados, roupa limpa, sandálias. Até sandálias! Mão na cintura, ar admirado e feliz, surpresa, comovida, põe-se a examiná-lo e, em seus olhos, aparecem lágrimas.

— Sim, senhor, como estás bonito. Lavaste o rosto?

— Sim, senhora.

— Muito bem, muito bem, estou contente por vires até aqui, assim evitaste que eu fosse à feira com os cestos. Queres comer ou preferes fazê-lo na volta?

— Sim, senhora, como a senhora quiser.

— Está decidido, almoçarás na volta. Não gosto de ir muito tarde ao mercado, as verduras ficam velhas e queimadas. Também, quem aguenta este calor?

Saem à rua para o calor e o movimento. A manhã tomara outra feição para o menino. Até gostava do sol lá em cima a brilhar tanto. Com os cestos nas mãos, Justino caminha atrás de dona Severina, dono do mundo. As crianças, indo para a escola, a tropa que passava com sua madrinha a balançar o cincerro, os jegues com os caçuás cheios de mandioca e milho, tudo era festivo, anunciando felicidade.

Pitó, que não perdera tempo e esvaziara em dois bocados a gamela junto à porta, caminhava um tanto pesadamente, evitando os atropelos.

— Ganhaste essas sandálias?

— Pai quem fez.

— Ele trabalhava em couro?

— Sim, senhora.

— Não tens chapéu?

— Não, senhora, acabou na viagem.

— Sabes tecer a palha?

— Sim, senhora, mãe me ensinou.

— Tenho palha seca lá em casa, podes tecer um chapéu para ti e outro para o cego. Este sol quente queima até os miolos.

A feira se anunciava por suas vozes, seu cheiro, e o canto do cego. Como ele dissera, logo pela manhã, a canção falava de amor, de alegria.

— Justino, presta atenção como negocio, quero que aprendas; é bom, para ti e para o cego, saber lidar com o dinheiro.

— Sim, senhora.

Dona Severina aproxima-se dos vendedores, olha a mercadoria, examina-a, escolhe, pergunta o preço, pechincha. É toda uma cena desconhecida ao menino. Nunca vira ninguém negociar assim. O pai plantava, colhia e dava dois terços para o patrão. O pouco que sobrava era deles. Com isso, e mais uns peixinhos do rio, quando havia água, viviam. A mãe tecia a rede num rústico tear manual, depois cortava calças para o menininho, e as costurava na sua máquina também manual.

Vão fazendo as compras, as cestas se enchendo. Já pesam.

— Agora, Justino, vais negociar. Quero que compres um bom jerimum, isto tu conheces, não é? Escolhe um bom e seco para o quibebe, é para doce. É ali que compro, ele sempre tem jerimuns muito bons e de casca fina, como gosto.

O menino não dá um passo, cabeça enfiada nos ombros, olhos baixos.

— Vamos, não conheces jerimum?

— Sim, senhora.

— Então, o que esperas? Estou com pressa, escolhe um bem bom.

Dona Severina sorria-lhe, carinhosamente. Justino, sempre encolhidinho, caminha para as abóboras, examina-as com atenção. Isso ele sabia fazer, pois muitas vezes, no tempo bom, ajudara o pai na escolha das que deviam ser guardadas e das que iam dar ao gado. Seus olhos bateram numa abóbora doirada, de casca fina, que lhe parecera boa, firme. Olhou para dona Severina, que lhe sorria, encorajando-o.

— Levas esta? — perguntou-lhe a vendedora.

— Sim, esta me serve — respondeu-lhe dona Severina, vendo que o menino se calara. E, como sempre, pediu que lhe deixassem mais barato.

Dona Severina tinha bom coração, condoía-se de todos, sua pensão era mais uma casa maternal que fonte de lucros. Se não tomasse cuidado com as compras, acabaria se endividando. Os cestos estavam cheios e pesavam, resolveram voltar.

A voz fanhosa do violeiro vinha-lhes ao encontro, como mensageira de boas-vindas. Finalmente, divisaram o cego no canto do jardinzinho, onde se realizava a feira, encostado na parede da capela, humilde, sofredor, com Pitó ao lado, pois este abandonara o menino e correra para o cego. Chico Cego parou de cantar, erguendo a cabeça expectante. Sua sensibilidade lhe fazia pressentir o amigo.

— Bom dia, Chico Cego, como está mecê? Já estava pensando que eu dera sumiço ao menino, não?

— Não, senhora, eu sabia que ele estava em boas mãos. Como está o m'nino?

— Abença.

— Deus te abençoe, tu estás bem, te acostumando com o movimento?

— Estou, sim, senhor.

— Ora, então não havia de estar? Precisa aprender a negociar, comprou sozinho bananas, jerimum. E, bem comprado, tudo. Experimenta só a banana. — Apanhou uma do cacho, dando-a ao cego, que a comeu com delícia. Há quanto tempo!

— Deus lhe pague, bem pago, pelo bem que a senhora lhe faz.

— Sim, Deus me pagará. Vamos indo, preciso cuidar do almoço. Não te preocupes, Justino voltará logo, antes que a feira se acabe.

— Sim, senhora.

— Abença, Chico Cego.

Caminham, fazendo as últimas compras, Justino também ganhou uma banana, enquanto Pitó lambia gulosamente a casca.

Terminadas as compras, voltam à pensão, o menino um pouco arfante, cansado com o peso do cesto cheio. Ao penetrar na cozinha, tudo lhe parece amigo, o fogão, a mesa lavada, as paredes esfumaçadas, o gato que se esquenta junto às brasas, os cachorros que vêm festejá-los, recebendo agora Pitó com indiferença.

— Ajuda-me a guardar as compras. Uf, que calor! — diz dona Severina jogando-se numa banqueta e se abanando com um pano de cozinha. — Uf, que calor! Olha, Justino, ali tem água de coco, fresquinha. Põe um pouco numa cuia pra mim e um pouco pra ti. Depois trabalharemos.

Justino, espertinho, separa a água nas cuias e depois de ver a patroa tomar a sua é que resolve também beber.

— Gostosa, não? Isso refresca e descansa.

— Sim, senhora.

— Vamos trabalhar, põe as frutas ali no cesto, a carne na gamela, a verdura nesta bacia com água. O maxixe logo fica murcho com este calor. Sempre planto maxixe, tenho minha horta, porém este ano a seca está brava e também meu ajudante foi embora com a família. Sozinha, para dar conta de tudo é difícil. A abóbora, aqui, logo iremos descascá-la.

Enquanto fala, ágil, vai até o fogo, atiçando-o, coando café, preparando o virado.

— Pronto, podes comer — diz-lhe, pondo na mesa o prato com o virado e despejando o café quente e cheiroso, no caneco de lata. — Gostas de cuscuz? Tenho um pedaço para ti, queres?

— Sim, senhora, mãe às vezes fazia...

Como isso lhe parecia longe, bem lá no fim da estrada, voltando por ela todinha, sob o sol impiedoso. Há quanto tempo comera o último pedaço de cuscuz com o leite de coco a lhe escorrer pela boca?

Sentado à beira da mesa, tenta fazer passar pela garganta cerrada pela tristeza aquele pedaço de cuscuz... Come cabisbaixo.

— Hoje tenho mais um serviço, quero que varras o quintal e queimes o lixo. Amanhã limparás a horta. Cada dia um pouco, preciso deixar tudo preparado para quando as chuvas chegarem, está bem?

— Sim, senhora.

— Ó, Justino — diz dona Severina, parada à frente do menino, mãos na cintura, olhando-o com atenção de alto para baixo, ali sentadinho, tristonho. — Ó menino, não sabes falar outra coisa a não ser sim, senhora? Vamos, conversa um pouco, sei que tens tristeza, e bem grande mas, que fazer? A vida é assim, o rio também uma hora cheio de água limpa a correr — e se tem pedras no fundo, como elas são barulhentas —, água de todos os lados, espuma. Depois, a seca vem. A água some, o leito fica barrento, feio, triste. Outra vez as chuvas, as águas voltam alegres... A vida é igual, bem igual. Uns dias de tristeza, outros de alegria. Ainda não vi seca eterna e nem tristeza que dure toda a vida.

Parou, cansada do discurso, foi até o fogão e bebeu um gole de café.

— Vamos, sorri. Estou sempre contente, não deixo a seca me pegar, não. Experimenta, só!

O menino procura sorrir, contudo, há tanto tempo não sorria que até se esquecera de como fazê-lo novamente. Retorce os músculos, franze a cara que, em vez de ficar com uma expressão alegre, enruga-se toda num ríctus de dor.

— Tu estás esquecido de sorrir, logo aprenderás. Agora, enquanto preparo o almoço, tu varres. A vassoura está ali, no canto.

Justino levanta-se do tripé, vai até a porta, onde descalça as sandálias, que encosta na parede e, os pés se esparramando felizes, suspira aliviado. Sente-se bem, farto, a zoeira dos ouvidos e da cabeça diminuiu, as mãos não tremem, as pernas estão mais firmes.

Ajusta as calças na cintura, num gesto que vira o pai fazer muitas vezes, quando deixava a cama e se dirigia para a roça. Justino sente-se um pouco o próprio pai, pois já está ganhando o de comer, com o suor do rosto...

— Não precisas pôr as sandálias, guarda-as para o dia da festa de São José, vais ver o que é festança. Um mundaréu de povo, música, banda, barraquinhas de comida. Nós iremos, vais gostar. — Falava, gesticulando feliz. Tirara as chinelinhas de barbante, pusera um avental e atiçava o fogo. Seca os olhos lacrimejantes na ponta do avental, enquanto exclama:

— Ó lenha verde!

Justino, sem nada dizer, vai ao quintal, logo voltando com um punhado de gravetos secos, com os quais atiça o fogo. Dona Severina fica a olhá-lo com carinho. "Pobre criança", suspira. "Sozinha na vida."

Justino amarra bem com palha seca as folhas no pau que vai lhe servir de vassoura. Ergue os olhos para dona Severina, pedindo-lhe explicação.

— Pois podes começar por aqui — lhe diz. — Com as folhas secas, vá fazendo montinhos. Depois as leve no balde, até aquele canto. Folha seca aproveita-se, quando apodrecida, é ótimo esterco, de mistura com o do gado.

O sol dardejava violento, as galinhas cacarejavam ciscando e procurando de beber, dona Severina chamava-as pelos nomes, dizia-lhes palavras de carinho, enquanto lhes dava de comer restos de verdura. Um papagaio pediu café, batendo ruidosamente as asas:

— "Louro qué café, louro qué café."

Ao menino, aquilo tudo lhe parecia um pouco sua casa, lá distante, no sertão. Simplesmente, começou a cantarolar a modinha que, muitas vezes, ouvira a mãe cantar enquanto pilava a carne-seca ou a farinha.

Não sente o calor a lhe queimar as costas, somente uma paz a invadi-lo, algo de novo e diferente. Dona Severina também trabalha. Logo chegarão os pensionistas a procurar comida, a lhe pedir um gole de café, a trocar comentários sobre o menino. São todos amigos, vivem como uma grande família e se interessam pelos seus pequenos problemas. O dia parece-lhe mais leve, o calor não sufoca tanto, o céu de um azul suave como o manto da Virgem. E, no coração de dona Severina, tocam sinos, quando estende o olhar pelo quintal e avista o menino a juntar folhas.

Volta ao serviço, é preciso temperar o feijão, cortar a carne-seca e o jerimum. A manhã passa depressa.

Horas depois, aparece Justino com uma braçada de cavacos secos, que vai pôr ao lado do fogão.

— Acabaste?

— Sim, senhora.

— Agora, dá outro pulo no mercado e traz a carne que comprei. É só pedi-la ao seu Donato, o açougueiro. Leva este pedaço de cuscuz para o cego, diga-lhe que mais tarde ainda precisamos descascar as abóboras.

Justino toma o pedaço de cuscuz enrolado na palha, corre feliz para o mercado e, já na porta, volta e diz:

— Abença, dona Severina, Deus lhe pague.

— Oxente, Deus te abençoe, até que sabes falar, não?

E ri, feliz.

# 7

O calor continuava. Nada diminuía sua intensidade, de manhã o sol se levantava apoplético, sumindo ao entardecer raivoso e vermelho. A terra permanecia sedenta, com bocarras abertas à espera de água. No céu esplendidamente azul, nem uma nuvem, nenhum sinal de chuva. Um azul límpido, tranquilo, um imenso borrão azul, nada mais.

Na cidade, apareciam bandos de retirantes, famélicos, trêmulos, magros, como bambus ao vento. Olhos esgazeados, sujos, humildes e tristes. As crianças davam pena: pezinhos inchados pelos bichos, unhas caindo de inflamadas, olhos purulentos, barriga de tambor. As perninhas, finalmente, mal sustentando os corpos. Figuras que seriam ridículas, se não fossem profundamente tocantes.

Ninguém estendia a mão para pedir, eram pessoas acostumadas a ter pouco, na verdade, porém a trabalhar e ganhar o magro sustento. Faltava-lhes coragem para pedir. Ficavam nas portas da igreja, na entrada da feira, olhando as comidas com olhos esfomeados, antes de partirem. Os que mais sofriam, coitados, eram as crianças a pedir, sem cessar, o de comer. Choravam até se esgotar e, depois, se entregavam à indiferença, proveniente da exaustão.

Pela manhã, Chico Cego e Justino deixavam a ponte e rumavam para o trabalho, partilhando daquele sofrimento tão conhecido. Enquanto o cego ficava no mercado, pontilhando sua violinha, o menino se dirigia à casa de dona Severina, onde os mesmos atos se repetiam para sua alegria e segurança do menino. E se de repente dona Severina lhe dissesse que não precisava mais de seus serviços?

Era para ele, cada amanhecer, com o cantar dos galos, já seus conhecidos, nos terreiros, o lavar do rosto com a água que trouxera da bica, o caminhar pela manhã menina nas ruas já movimentadas, assim como um hino, um cântico de alegria. Tudo lhe parecia novo, pela primeira vez sentido. Todo ele vibrava com a espera, gostaria de cantar se não fora a saudade grande do pai e da mãe. Como seria bom se eles estivessem ali, na cidade, mais Chico Cego e dona Severina...

Chegando à feira, deixava o cego no canto preferido, longe dos atropelos, e seguia seu caminho. Sentia de antemão o gosto do café quente, e da farofa e, nos bons dias, do cuscuz com o leite de coco a lhe adoçar a boca. Dona Severina a esperá-lo, com sorrisos nos lábios e amor nos olhos.

— Abença, dona Severina.

— Deus te abençoe, Justino, como está teu companheiro?

— Bom, graças a Deus.

Pegava então os cestos, e ouvia dona Severina a lhe dizer:

— Larga as coisas, toma teu café primeiro, que ainda é cedo. Não se deve trabalhar com a barriga vazia, dá tontura, faz mal. São Bom Jesus que nos liberte desse mal. Guardei para ti...

Então, sentava-se timidamente na beirada da mesa, onde o esperava uma cuia cheia de café quente, o prato com virado. Não sentia mais o estômago se contrair com ânsia ao receber os bocados, acostumara-se com a farta ração diária.

Enquanto comia, dona Severina lhe contava as novidades, que ouvia com atenção:

— Pois o papagaio sumiu e foi do lado do vizinho, subiu na jaqueira, precisas ir buscar. Não desceu, nem mesmo chamado que foi, para tomar café. Seu Tinoco fez tudo para que ele voltasse. Qual nada, deve ter ouvido o chamado dos irmãos que passam em bandos, fugindo da seca.

Justino criava coragem e perguntava:

— Onde ele está?

— Ainda na jaqueira.

— Vou buscar.

— Não, toma primeiro teu café. O bobo há de se sentir com fome e descerá. O azulão cantou pela primeira vez. A galinha branca, a franguinha, botou um ovo com duas gemas. E bem amarelinhas.

As notícias se sucediam alvissareiras, a uni-los como um segredo precioso, que compartilhassem.

O menino acabava a refeição, lavava a caneca, a cuia, debruçava-as em cima da prateleira, requeimada pela fumaça. Partiam, ela, Justino e Pitó, não antes de arrumar, na folha da bananeira ou de taioba, um pouco de virado e carne-seca para Chico Cego. Somente então iam para a feira.

Mais tarde, havia ainda um ou outro servicinho, lenha para preparar o jantar, capim que invadia a casa, o galinheiro para cercar.

Os dias decorriam suavemente.

Mas, de uns dias para cá, dona Severina andava triste, preocupada. A rotina de trabalho, o levantar-se, fazer compras, preparar as refeições, não lhe davam mais a satisfação costumeira, pareciam-lhe, pelo contrário, pesada carga.

Ficava pensativa, fumando seu pito de barro e olhando o céu, a terra. Não conversava com as galinhas, não brigava com os cachorros e nem acariciava o velho gato que vinha se enroscar nas suas pernas. Nada a distraía do seu sofrer.

Isso preocupava os pensionistas, todo o mundo andava nas pontas dos pés, como se na casa houvesse um doente a exigir silêncio, resguardo. Falavam baixinho, não se ouviam mais risadas e nem cantigas. Até seu Mané, que tocava flauta, guardara seu instrumento no baú. Dona Severina ia e vinha, sombra do que fora, porém, mais triste às tardes. Pela manhã, era a lépida velhinha de sempre. Parecia que sua energia ia se acabando com o cair do dia. Os pensionistas e amigos andavam preocupados a seu respeito. Conversavam:

— Será que está doente?

— Até já pensei em febre, em terçã.

— Emagreceu tanto.

— Pois, por via das dúvidas, vou perguntar. Ela não tem parentes por aqui, nos trata com bondade de mãe. Pois vou perguntar.

— Isso mesmo, seu Lau, pergunte, inda mais que o senhor é meio aparentado, sua irmã não é afilhada da cunhada de dona Severina, aquela que mora em Santa Quitéria?

— Sim, tu tens razão. Tidêncio, hoje mesmo vou inquirir tudo.

Mais tarde, aproveitando a ocasião de se encontrarem a sós na cozinha, enquanto saboreava uma cuia de café quente, criou coragem e disse-lhe:

— Então, que a dona tem? Andamos todos aflitos com a tristeza da patroa. Já não canta mais e não brinca com os animais. Que lhe aconteceu?

Ela estava sentada fora da cozinha, sentindo a tarde cair. O velho gato viera roçar-lhe os pés e os cães olhavam-na ansiosos, à espera de um afago. Havia em seu todo um certo cansaço, um quê de desânimo como se estivesse a braços com um problema grave, de solução difícil. Tentou sorrir para o pensionista.

— Não é nada, não, parente, é que a gente está acostumada com o sofrer próprio, mas quando vê uma pessoa do coração, da estima, sofrer, o sofrimento é maior para a gente, maior do que o próprio, é ou não é?

— Sim, a senhora tem razão, parenta, o sofrer dos que a gente quer bem dói mais que o próprio. E, se mal lhe pergunto, desculpe, mas quem é que a parenta vê sofrer, que a aflige tanto assim? Recebeu notícias do norte?

— Não, seu Lau, do norte não, é o menino...

— Justino? Que anda fazendo o pirralho que a molesta tanto? Desobediência ou má-criação?

— Nada de mau, não. O menino é tão bonzinho e de tão bonzinho me dói o coração de vê-lo dormir naquela ponte, ao relento. O parente já pensou? E quando as águas chegarem? Elas chegarão um dia. Até parece que vi nuvenzinhas do lado da serra, e o rio vai subir...

Engoliu em seco, fazendo força para não chorar perto do amigo.

— É, a parenta tem razão, lá ele não pode ficar; é esse o caso do seu sentir, de tanta tristeza?

— Sim...

— E a senhora, com seu bondoso coração, sofre tanto que até emagreceu.

— Preciso de um menino para recados, para tratar dos animais; quando vier a chuva, replantarei a horta. "Chi", vamos ter muito trabalho.

— É mesmo, a senhora tem razão.

Esperava, pacientemente, a volta que a dona Severina estava dando no assunto, para solucioná-lo.

— Ali, no fundo do quintal, há um barraco descoberto, porém fácil de ser arrumado. Um ou dois dias de serviço, um punhado de sapé e ficará novo. Chega bem para duas redes, visto ele não se separar de Chico Cego. O velho, pobre coitado, não dará trabalho algum. Até alegrará a gente com suas musiquinhas.

Nhô Lau compreende a delicadeza do coração de dona Severina, que esconde seu carinho, sua bondade atrás da pretensa necessidade dos préstimos do menino.

— Ótima ideia, uma mão lava a outra, a senhora recebe serviço, servicinho que o menino faz brincado e, em troca, lhe dá pouso e comida. E, pense... também carinho!

Ansiosa, com expressão um tanto inquieta, pergunta-lhe dona Severina:

— Dará certo?

— E por que não? A senhora verá como tudo vai dar muito certo, nem precisa se preocupar mais com o assunto. Eles vão gostar muito. Um presente caído do céu. Agora, a parenta não se preocupe mais, imagine emagrecer por tão pouco, por um assunto que se resolve num minuto!

— Obrigado, seu Lau. Deus lhe pague: então amanhã mesmo vou conversar com o cego e com o menino. O senhor sabe, ele não tem pais e o cego é mesmo que um parente, um padrinho.

— Agora vou tomar meu cafezinho mais em paz, estava pensando que seu sofrer tivesse causas piores.

A noite desceu, milhares de estrelas espiaram a Terra. Em torno, tudo dormia, menos dona Severina. Essa não via a hora de chegar a manhã para conversar com o menino.

Os galos cantaram nos terreiros, os pássaros anunciaram o dia. O sol logo apareceu, zangado, com seu olho vermelho. Nem bem o dia nascera e dona Severina já estava de pé, na cozinha, a preparar o cuscuz. Queria agradar o menino. Quando ele apareceu, Pitó ao lado, dona Severina o recebeu com largo e alvissareiro sorriso.

— Abença, dona Severina.

— Deus te abençoe, Justino, dormiste bem? E o cego?

— Vai bem, dona Severina; ele disse Deus lhe pague pelo virado.

— Toma teu café, o cuscuz está quente, gostoso. Hoje temos muito que fazer.

— Sim, senhora — tímido, surpreso como sempre, pois ainda não se acostumara com a ideia da comida diária, olha as frutas e a farta fatia de cuscuz.

Pitó, sem cerimônias, lambia o fundo da gamela. Sentia-se em casa, engordara, o pelo luzia, no lombo cheio, a vida lhe corria como um lago manso.

Dona Severina olhava a cena, via o menino levar a cuia nos lábios, sorver o café, engolir o cuscuz, o cão lamber a gamela, num ato tão costumeiro, que lhe parecia ter nascido e criado raízes ali mesmo. Tudo tomara outro colorido depois da conversa com o amigo. Como pudera sofrer daquele jeito, se o caso era tão fácil? Abrir o coração ao cego e pô-lo a par de seus desejos?

— Justino, vamos?

— Sim, senhora.

Toma a cesta e caminham sob o sol forte. Pitó, após uma última lambida na gamela, põe-se a caminhar atrás, rabinho levantado, sinal patente de que se sentia feliz.

Tudo azul...

# 8

Naqueles dias uma notícia se espalhara pelo sertão, como fogo no palheiro. Espalhara-se na cidade, trazida pelos retirantes vindos do sul, em direção ao norte, em terras mais prósperas, menos secas.

Mal chegavam e já queriam partir, como que empurrados por uma força maior. Até se notava nessa ansiedade um quê de felicidade, de alegria, de esperança. Aflitos, esperavam pelo exame médico, recebiam algum auxílio, e logo seguiam caminho. Nem mesmo a feira os detinha, os prendia à cidade.

Chico Cego apurava os ouvidos, para receber as notícias, queria saber o que punha no ar aquele alvoroço, certo quê de inverno, quando os pássaros fazem os ninhos. Sentado em seu canto, dedilhava a viola atento, procurando ouvir. Havia dias vinha sentindo no ar esse desajuste. Tentara saber através do menino, mas Justino, mergulhado na sua própria vida, na sua felicidade, nada sentia. Também, pouco conhecera da vida, da cidade, preso às tarefas diárias, nada ouvia e menos conversava. Era tão grande sua alegria interior, tão nova, que lhe ocupava todos os sentidos saboreá-la. Chico Cego, desde a sua cegueira, acostumara-se a participar do exterior, interessava-se pelos problemas alheios, para desembaraçar-se dos seus. Captava pedaços de conversas e os ia juntando. Gostava desse jogo que lhe afiava os sentidos.

Pela manhã, quando Justino o deixava com sua violinha, algumas crianças retirantes desempregadas vinham se juntar por ali a ouvir suas modinhas. Depois, alguns trocavam perguntas, davam informações. E ele ficava a par do movimento dos retirantes, sabia de onde vinham, para onde iam, da seca brava nas fazendas, do gado morrendo, dos pobres meeiros deixando suas terras.

À noite, sob a ponte, contava a Justino tudo o que ouvira... sempre trazia uma ou outra novidade. Era o momento de paz, de intimidade.

Certa manhã, um retirante que viera duas ou três vezes ouvi-lo, nos dias anteriores, sentou-se a seu lado, oferecendo-lhe um cigarrinho de palha e procurando conversa. Chico Cego reconheceu-o pela voz, pois eles já haviam trocado algumas palavras e até mesmo o retirante lhe pedira para tocar uma certa modinha.

Fumaram quietos, lado a lado; alguns minutos depois o retirante falou:

— Mecê é cego de nascença, desculpe a pergunta, ou de mal adquirido?

— Sou de doença, aos dez anos, numa retirada com meus pais. Ainda conheci as coisas, o céu e as flores. Vi minha mãe.

— Pois quero lhe dizer uma coisa: o sofrer que mais me dá pena é o da cegueira. Há nesse sertão, além de Croibero, um beato, padrinho dos miseráveis, igual ao padre Cícero, a distribuir suas mercês.

— Que mecê disse?

— É o que lhe afirmo, o "padim" faz milagres, cura cegos, paralíticos.

— Isso é verdade?

— Verdadeiro, como esse sol que me alumia. Mecê pode acreditar, é o que fala o povo, mecê sabe, voz do povo é voz de Deus. Inda mais... ele vara esse sertão com um povaréu atrás, procurando um lugar prometido, onde há água e comida, a seca não cresta, o sol é brando.

O cego prestava atenção ao que lhe contava o retirante. Tudo aquilo lhe soava como uma promessa cumprida, ia acabar a desgraça do sertão e dos pobres retirantes. Uma dúvida ainda o assalta:

— Mecê não invenciona, pois não?

— Posso lhe jurar, companheiro, então ia inventar para um pobre cego? Que lucro teria? Vou atrás dele, pois nada me prende mais nestas bandas. A seca me levou tudo, a plantação, minha mulher, o filho pequeno. Resto só no mundo, maninho, sem acompanhantes.

— É longe, onde transita esse santo, "o padim"?

— ... padim Benedito da Boa-Fé; não, não é tanto, dizem que é lá do lado do Campo Grande, por esse sertão afora. Não tem pouso, caminha com os fiéis atrás, está à procura de uma terra boa, a terra da fartura.

Os dois silenciaram, o povo passou, as vozes cruzaram. Ao longe, dois moleques brigavam, algumas crianças choravam. Cada um, ali, o cego e o retirante, mergulhados nos próprios pensamentos, e a uni-los, a ideia de um pai de santo a fazer milagres. Cegos a enxergarem a luz do sol, paralíticos não se arrastando pelas estradas. E o milagre maior, estupendo, das barrigas fartas...

Finalmente, o retirante, a medo, pergunta-lhe baixinho:

— Por que mecê não pede o milagre? Dizem que o beato não se nega a ninguém, é padrinho da pobreza, dos que sofrem.

— Será?

— É preciso ter fé.

— Pois fé eu tenho, e muita, ver de novo o céu, as flores, até já me esqueci de como é o azul. Faz tanto tempo!

— Não custa tentar, companheiro. Como mecê se chama?

— Chico Cego, cantador de viola, para o servir.

— Ali adiante, ouvi contar, os cegos veem... os coxos andam e...

O cego bebia-lhe as palavras, buscava-o com os olhos murchos, como se o milagre se realizasse ali, na feira, com a simples menção do santo.

— ... e daí?

— Dizem... inda agora... ali mesmo falavam, ele pôs a mão nos olhos do menino cego e ele saiu vendo — foi um alvoroço. Depois, disse ao paralítico: "Anda" e ele andou sem tropeços. Ainda mais, falam de uma terra que ele conhece, que lhe apareceu numa visão, as árvores, carregadinhas de frutos, nunca falta água gelada, a correr por entre as pedrinhas. É o paraíso, dizem, que o Senhor Bom Jesus da Lapa prometeu aos pobres.

— Mesmo?

— Alguns disseram que o leite é doce, que as crianças e o gado são gordos. O verde do pasto se perde de vista.

— Todos podem chegar até o santo, falar-lhe?

— Sim, todos, primeiro os mais sofredores, os mais pobres, aqueles que nada têm de seu, a não ser a dor, ele é dos pobres.

Mais uma vez se calaram. O mesmo pensamento a uni-los: iria terminar o sofrimento dos pobres? Alguém cuidaria deles, aliviando o seu sofrer?

— Mecê — pergunta o retirante —, mecê, como transita por aí? Desculpe a pergunta, não é curiosidade, não. É interesse de irmão.

— Tenho companheiro, companheirinho. — O rosto do cego se iluminou, transbordou de contentamento ao proferir estas palavras: — Não estou só, tenho companheiro.

— Ah! então não está de todo na escuridão, quem tem um companheiro tem um olho... É filho?

— Não, é um menino retirante, órfão de pai e mãe.

— É fácil para mecê ir ao encontro do beato. Até amanhã — despede-se do cego — daqui ao meu pouso é longe. Vou ao posto ser vacinado.

— Até amanhã, se o Bom Jesus quiser, volte pra gente conversar mais um pouco. Mais uma questão só, quando o companheiro parte?

— Depois d'amanhã, talvez. Estamos arranchados no campo. Lá umas donas dão de comer para as crianças e mulheres, vinte pessoas. Viemos de Jatobá Grande. Uma miséria, compadre, as crianças estão caidinhas, é melhor não ter olhos pra ver tanto sofrimento, é de apertar o coração mais rijo. Os meninos pequeninos, a pedir de comer, a gemer de fome, até morrer pelos caminhos. Miséria, só miséria, seu Chico.

Levantara-se da pedra em que se sentara e falava com o cego, meio manso, como quem já desistira de lutar contra todo o sofrimento e o aceitara assim mesmo, juntando-o à própria vida, companheira inevitável.

— Muitos desistem, voltam, outros vão em busca do beato receber sua bênção, sarar de algum mal, companheiro... é a vida. Adeus.

— Mecê está no campo, lá perto de Santa Cruz?

— Sim, lá mesmo.

— Como se chama?

— Ah! esqueci de dizer, desculpe. Venturino, seu criado. Venturino!... minha mãe não sabia das estradas da vida, quando me deu esse nome. "Desgraçadinho", isso sim, eu devia me chamar.

— Não fale assim, companheiro, eu não lamento a minha sorte, entrego tudo ao Senhor Jesus da Lapa.

— Mecê tem razão, não adianta a gente se lastimar; até amanhã então.

A violinha deixou escapar uns gemidos tristes acompanhando as palavras do pobre desgraçado. Ao cego era como um ser vivo a participar de sua tristeza.

O dia prosseguiria seu curso, porém, ao cego, as horas pareciam estar com preguiça, pois não passavam. Conhecia-as pelo movimento da feira; fraco pela manhãzinha, quando lá chegavam, encontrando os vendedores; lá pelas nove horas mais forte e depois, o grito, o arrastar dos cestos, o movimento dos feirantes, que partiam.

Chico Cego não via a hora do entardecer, quando se recolhia sob a ponte, que agora lhe aparecia como protetora, ao longe. Lá, ele e o menino trocavam mais palavras, tímidas e brandas, cheias de amizade.

Hoje o cego esperava aflito a vinda do menino para contar-lhe a grande novidade, porque lhe enchia o coração de esperança. Talvez o menino, na pensão, tivesse ouvido falar sobre o beato que distribuía bênção a mãos cheias, pelo povo infeliz.

Conversaria de manso com o menino, mas sobre seu desejo de partir, de ir em busca da graça, nada diria. Precisava pensar, amadurecer a ideia, poderia não ser verdade, não dar certo. Ouviria mais conversas, outras opiniões, muitos retirantes vinham sentar-se ali por perto, para apreciar suas canções.

A partida, assim dissera Venturino, seria somente no fim da semana, dali a três dias, muitos retirantes estavam com disenteria no campo. Não aguentariam a caminhada nessa seca, que não tinha fim. O prefeito dera ordens para serem alimentados por uns cinco dias e, depois, que partissem. A prefeitura da pequena cidade não podia alimentar todos os retirantes famintos que por ela transitavam.

Chico Cego não estava acostumado a tantos pensamentos. A vida lhe era sempre igual – comer, quando havia o de comer; beber, se encontrava água e descansar em algum canto mais agradável – o que era constante em sua vida era a cegueira, cuja dor ele extravasava na sua violinha.

Assim, quase a medo, deixava seu pensamento tocar na ideia. Ainda não conseguira crer, inteiramente, na possibilidade dessa felicidade, da qual lhe falara o retirante.

À noite, estendido em sua rede, na quase paz da ponte, pensaria melhor em tudo o que ouvira e chegaria a uma conclusão.

Finalmente, a tarde desceu e com ela o menino, alegrinho como sempre, desde que se pusera a trabalhar. Trazia-lhe mandioca cozida, carne assada. O dia fora bom, fizera pequenos serviços, dona Severina cantara enquanto cozinhava e o papagaio dissera: "Justino... o... o".

Estranhou o companheiro, acostumado que estava a vê-lo, sempre tocando, pela estrada afora, enquanto regressavam. A caminhada para a ponte era sempre alegre, trocavam ideias a respeito dos pequenos acontecimentos, sobre o que cada um ouvira no seu trabalho. Hoje, porém, o cego caminhava calado, pensativo. Parecia a Justino que alguma coisa estava por acontecer e seu coração trancou a alegriazinha que vinha sentindo. Pitó, pressentindo algo, veio farejando pronto para ganir e chorar.

O sol castigava a terra, nem sol e nem nuvens a indicar chuva. Pelo caminho fora da cidade, encontraram os retirantes macilentos, desanimados. Já os dois companheiros haviam adquirido certo ar de cidade, de quem tem o estômago cheio e um canto certo para dormir. Chegados à ponte, estendidos na rede, descansam. O cego tira do bolso seu velho pito de barro, enche-o com o fumo que antes esfarela na palma das mãos, com carinho, lentamente, saboreando-o com o tato.

O cachimbo é sua grande alegria, seu único luxo e ele o reserva para fumar ali na ponte, na sua hora de paz com o menino. Aquilo sempre lhe dá a sensação de estar em sua casa, menino ainda, junto à mãe e ao pai, vendo o sol se esconder. Pitó, esfrega o focinho na cuia d'água e permanece feliz. Barriga cheia, indiferente aos problemas que o cercam, nada mais quer além daquele carinho do barro de cheiro forte acre, meio podre.

Justino, sem saber o que pensar, olha pelos vãos da ponte um pedaço do céu e sonha com a chuva, caindo e penetrando a terra, pelas suas mil bocas e tudo, de repente, ficando verde. E não haveria mais seca. Por que estaria triste o companheiro? Quanta coisa nova vira e aprendera na cidade! A contar, a lidar com dinheiro nas compras, a dar recados. Sabe que ainda poderá fazer mais coisas. Certa vez um pensionista o chamara e lhe perguntara se sabia ler. Se soubesse iria dar-lhe um serviço na parte livre da tarde. Precisava de um menino para fazer entregas e pensara em Justino.

Também, se soubesse ler, contar melhor, poderia fazer as compras sozinho para dona Severina, que se cansava tanto na feira.

— M'nino...

Ele sai de seu sonho ao ouvir a voz do cego a chamá-lo.

— M'nino, tu andas por aí, ouviste alguma coisa?

— Não, senhor.

— Nada ouviste de novidade, de alvissareiro?

— Não, senhor.

— É que apareceu no sertão um santo, um beato padrinho nosso, para nosso bem, trazendo esperança para os pobres que sofrem fome, sede, males do corpo, cegueira.

— Mesmo?!

— Sim, vai levar a gente para um lugar lindo, onde há fartura, as crianças ficarão gordas, barriguinhas cheias. Não mais precisarão pedir de comer.

— Mecê ouviu contar tudo isso?

— Sim, um companheiro sentou-se a meu lado na feira e me deu a notícia. Ele vai procurar o beato.

A noite caíra de todo, pelos vãos da ponte, Justino vê uma estrela, uma só a lhe piscar quase risonha. Parecia-lhe ser sua amiga, velha conhecida. Chico Cego estendera-se na rede. Pitó apagado, feliz.

Talvez, quem sabe...

# 9

Aquela noite fora de grandes preocupações para dona Severina, nem conseguira dormir, pensando e tornando a pensar no assunto. Precisava conversar com o cego, queria saber sua opinião, antes de falar com o menino. Assim fora aconselhada pelo parente, o velho nhô Lau.

Este lhe dissera: "Primeiro é preciso falar com o velho, conhecer seu destino, depois com o menino".

Amadurecera a ideia durante o sono e logo ao amanhecer sabia como devia proceder. Nada de precipitações para não perder a parada.

— Que mecê acha — perguntara ao parente —, sua opinião qual é?

— Ora, não se preocupe, parenta, certo que ele irá gostar do convite, quem é que não gosta de ter um cantinho seu, onde descansar os ossos? O cego já é muito vivido e deve estar cansado das desgraças e das estradas.

Dona Severina sentiu-se confiante, muito alegre até. Ter um cantinho seu, onde se recolher nas noites, e ouvir a chuva cair, pingo por pingo, cantante, é tudo o que o homem deseja, além da amizade. A amizade é um grande bem, tão grande como a chuva.

Amizade, isso não faltará ao menino, pensa, enquanto se levanta, prepara o café, o cuscuz e espera Justino. Arquitetara um plano para poder conversar a sós com o cego. Fora difícil, depois de muito pensar, escolhera esse como o melhor.

Logo após as compras que apressara um pouco pela impaciência de despachar o menino e ficar a sós com o cego, dissera a Justino:

— Tu vais na frente, levando as compras, o feijão está no fogo. Não o deixes queimar. Bota-lhe água quente da chaleira, se for preciso. Logo irei atrás, tenho ainda que ficar um pouco por aqui, conversar com uma comadre.

Justino nada desconfia e segue apressado seu caminho, cumprindo bem as ordens para ser agradável: assim pode ter certeza de que estará sendo útil, reconhecido à bondade da patroa.

Dona Severina segue em direção ao som da viola, que geme de tristeza. Vai repetindo, mentalmente, o que pretende dizer ao cego, como expor sua defesa. Nem vê as conhecidas, os feirantes que a cumprimentam. Passa despercebida de tudo.

— Bom dia, Chico Cego.

— Bom dia, dona.

Com sua extrema sensibilidade, não sente a presença do menino. Para de cantar, diminui o acompanhamento da viola e, erguendo para o alto os olhos murchos, pergunta:

— E o menino?

— Já foi para casa, mandei-o na frente com a compras, queria falar com mecê.

— Aconteceu alguma coisa? O menino...

— Nada não, sossegue, o menino está bem, é que... — gagueja, custa-lhe elaborar seu pensamento para com ele expressar o que lhe vai na alma. E, no entanto, já estava com tudo preparado.

O cego parara de vez de tocar e esperava paciente o que ia ouvir, certo de que era uma conversa séria de mudar o destino.

— Pois é, Chico Cego, tenho pensado muito em mecê e no menino a dormir na ponte. Pelo jeito logo virão as chuvas. E depois desta seca, virá forte. Já vi as águas subirem bem acima dos barrancos e arrastarem a ponte. Os de lá não passavam para cá. As águas chegaram até o campo. Mecê por aí pode ver como elas são — custam a vir e, quando vêm, se esparramam por tudo.

O cego esperava atento a explicação. Sabia que a exposição proferida, com voz trêmula, excitante, era uma preparação para o assunto. Dona Severina respira fundo, tenta abrandar as palpitações do coração inquieto e prossegue:

— Estive pensando, em mecê, e no menino, quando as águas vierem. Agora, até que é gostoso dormir na ponte, com este céu cheio de estrelas, a paz do campo, os vaga-lumes, mas e depois? Com as águas a arribarem cada vez mais e a tocar os dois de lá, do seu leito?

Esperou a resposta do cego.

— É, a dona tem razão, eu tinha pensado nisso. Estou sentindo que as águas logo chegarão.

Dona Severina, com essa afirmação, adquire mais firmeza.

— Pois então, acho que mecê e o menino precisam de um teto, de um abrigo, quando as águas vierem. Lá em casa tenho uma cabana no quintal, sem cobertura. O menino poderá cobri-la e os dois terão um teto bem pobre, mas seguro.

Parou. Falara tudo, agora estava nas mãos de Deus e do cego. E se ele não concordasse? O coração dá saltos no peito, outra vez perturbado.

O silêncio esparramara-se, prolongando-se. Os dois ali, frente a frente. O cego abaixara a cabeça no peito, encolhido na sua meditação.

— Como é, seu Chico, não gostou da ideia?

— Gostar, gostei, a senhora é muito boa. É um anjo que desceu no caminho do menino, ele ficará em boas mãos.

— Seu Chico Cego — dona Severina respira melhor —, mecê não compreendeu, não precisa se preocupar, tudo continuará na mesma, o senhor mais o menino. Só faço isso pensando no tempo das águas, elas virão logo, a seca já durou demais.

— Eu sei, eu sei — a voz trêmula do cego mal lhe saía da garganta. — Ele vai ficar em boas mãos, bem abrigado, isso já andava me tirando o sono, agora vou em paz.

— Mecê, então, não vem com a gente?

— Dona, não se avexe, eu tenho outro destino, preciso partir.

— Para onde, por quê? Se mal pergunto.

— A dona já ouviu falar de um santo que dá vista aos cegos e faz os coxos andarem?

— Não!... — forçou a memória para se lembrar de alguma conversa dos pensionistas ou de alguma coisa ouvida na feira. — Não, nada sei. Por onde andará?

— Por esses caminhos do Ceará, distribuindo seus dons. Assim me contaram os retirantes que o viram. Vou procurar. — A voz do cego se firmara, seu rosto adquirira paz, serenidade. — Vou procurar, já me sinto preso ao beato, a caatinga me acena. Gosto de sentir à tarde o cheiro acre da terra requeimada, ouvir a voz da solidão, correr esse chão, ouvindo a juriti cantar. Não nasci para criar raízes, dona, sou livre como o vento. Deus lhe pague.

Dona Severina ouvia as explicações e pensava nos seus planos desfeitos, tristeza de não mais esperar o menino com o café e o cuscuz, das conversas enquanto trabalhavam juntos na horta.

Quanto sonho vão! Até já separara palha para ele tecer um chapéu. O cego ergueu os olhos inúteis para o céu e exclamou:

— Eta sol forte, queimador. Sabe, dona, estou pensando, é melhor o menino ficar aqui na cidade com mecê, que lhe quer bem e lhe dá conforto. A seca anda brava, ele é franzino. Dá pena pôr ele na estrada, novamente, agora que está criando umas carninhas nos braços e nas pernas. Era só osso, dava dó. Agora come todos os dias, bebe água de pote, terá sua rede para dormir, se as chuvas vierem, abrigado sob um teto de palha. Não é bom para o menino andar por esses caminhos ásperos e secos.

A voz do cego era trêmula como a corda da violinha. Esmagada na garganta, parecia não querer sair. Parou, tossiu para disfarçar os soluços secos e ásperos, como os caminhos, de quem não está mais acostumado a chorar.

— Mecê acha isso mesmo, pensa assim?

— Sim, dona, falo com o coração nas mãos, eu ia partir só. — Ainda encontrou coragem para mentir. — Eu ia partir só, m'nino atrapalha. A senhora cuidará bem dele, eu sei.

— Quanto a isso pode ir descansado, mas como se arranjará sem companheiro?

— Pra tudo se dá um jeito, há neste mundo tanta alma boa, disposta a ajudar um pobre cego. Muita gente, muito retirante vai em busca do beato. Alguém terá compaixão de um pobre cego e me levará de companheiro.

— Fico aqui, fico pensando em mecê, sozinho.

— Não se apoquente com isso, dona, sou cego desde os dez anos, desde quando perdi pai e mãe, fui só. Eu e minha violinha.

O silêncio caiu entre os dois, cada um entregue aos seus pensamentos. O sol aproveitou a ocasião e os castigou duramente. O cego continuou a falar com sua vozinha tremida.

— Eta peste de sol quente, bravo de doer. Tu não te cansas de torrar assim? Já é hora de parar com tua braveza.

Depois, mais em paz, como se tivesse lançado contra o sol toda a sua inquietação:

— O m'nino fica em boas mãos.

— O menino não deixará mecê partir — diz dona Severina, explicando seus pensamentos. — Ele é muito agarrado a mecê.

— Deixe por minha conta, dona, não lhe diga nada. Cuide dele como filho, ele merece. Deus lhe pagará.

— Amém. Pode ir em paz, cuido dele; e quando mecê voltar lá dos sertões a choupana estará à sua espera. É só tocar aqui na feira, que nos encontraremos. O menino, vou guardar para mecê, só isso. Será, por enquanto, meu companheiro. Que mal lhe pergunte, sem apressá-lo, quando partirá?

— Logo, antes que o santo se distancie muito por esses sertões.

— Vou preparar um embornal com farinha e rapadura, carne-seca também, é para a viagem. Que Deus acompanhe mecê, que bem o merece e, se encontrar o santo, peça a bênção.

— Está bem.

O cego dedilhou a violinha, cantou. A voz saía-lhe raspante, difícil. Dona Severina tomou a ponta da toalha que lhe cobria os ombros e com ela secou os olhos. Que tristeza! Também, por que não chovia?

Apressou o passo, pois se atrasara muito com a conversa, o coração em paz, pois o menino ia ficar. Sentir, sentia, natural: sentia a partida do cego, mas pensando bem, pior seria se o menino fosse por esses caminhos afora, pelo sertão em fogo. Agora que já se acostumara com o café, a rapadura, a carne-seca, o cuscuz.

Com tal ideia acalmou seu coração contrafeito pela tristeza do cego. Chegando em casa, lá encontrou Justino, que atiçara o fogo, enchera os potes com água e guardara as compras.

Pitó, como dono do terreiro, corria atrás de um franguinho. O papagaio que voltara ao escurecer, procurando a certeza de seu poleiro, batia as asas e berrava: "Dona Severina, dona Severina".

Apressadamente coa o café, pois a água borbulhava na chaleira, comentando alegrinha:

— Demorei-me, mas tu já adiantaste o serviço. Assim está bem, muito bem. Agora vamos tomar café... — e parece-lhe ser este o primeiro dia de uma nova vida.

Chico Cego sente dona Severina se retirar, acompanha agora seus passos até se misturarem com os da feira.

Acabou-se, pensa, nada mais lhe resta, a não ser a cegueira e a violinha. Não tem vontade de cantar, a garganta presa, a língua seca, a cabeça latejando. Grande tristeza o invade, possuía um tesouro e ia perdê-lo. Agora, sim, sentia-se cego, e cego pela segunda vez. Ponteia a violinha, esta nunca o deixará, fiel e amiga. Chova ou faça sol. Canta, o seu canto é triste.

— Mecê hoje não quer nada com a alegria, não é?, sua violinha chora.

Chico Cego reconhece a voz do retirante que se tornara seu amigo. Vinha sempre dar dois dedos de prosa, trocar ideias a respeito do tempo, da feira, da vida.

— É como está vendo, companheiro, a gente às vezes derrama para fora as tristezas. Elas, se ficam presas, arrebentam o coração.

— Ainda mecê tem a violinha para se distrair, mas quem como eu que é só e nem sabe cantar...

Os dois silenciam, porém a tristeza os une mais que as palavras.

— Mecê — pergunta Chico Cego —, mecê quando parte?

— Amanhã cedo. Vim para me despedir. Não quis partir sem lhe dar o meu adeus.

— São muitos os retirantes?

— Uns dezoito. Alguns querem ficar, arranjar emprego, os moços. Dois ou três. É capaz que pelos caminhos se junte mais algum.

— Vão todos em viagem, em busca do beato?

— Sim, todos. Viemos fugidos da seca, mas nosso destino é o santo. Todos desejam alguma coisa. Somente eu não desejo nada, vou por aí, por ir.

Chico Cego parara de tocar o ouvia atento o que lhe dizia o retirante.

— Se mal lhe pergunto, desculpe, então, já que vai sem destino, não quer me levar por companheiro, que estou cheio de desejo de ir?

— E o menino? Ele não vai de companheiro? Aconteceu alguma coisa?

— Nada, não. Ele fica por bem, arranjou um emprego, uma conhecida vai dar casa e comida, em troca de servicinhos.

— Mecê vai se arriscar só, se aventurar assim?

— Desde que entrei na minha cegueira, na minha escuridão, sou só, já me acostumei com esse destino. Sempre encontro por esses caminhos uma alma boa, que me empreste, moço, seu ver. O de comer ganho com minha violinha.

— Pois nesta jornada, conte comigo. Já disse, sou sem ninguém, podemos juntar nossa solidão. Amanhã vamos partir, está bem? Com a leva de retirantes a Canindé!

— Deus lhe pague, não vou atrapalhar? Só peço isto: não quero que o menino saiba de nosso trato. Amanhã cedo estarei aqui com o que é meu, a violinha e minha cegueira.

— Pois nos encontraremos. Virei cedo, também. Mecê tem o que de comer na viagem?

— Sim, a dona me prometeu matula.

— Então, até amanhã.

— Até, se Deus quiser.

O dia decorreu normalmente, sem alterações. Nem chuva, nem vento, o sol inclemente, como sempre. O coração do cego, porém, dividido entre dois sentimentos: a tristeza de deixar o menino e a esperança de sarar, de tornar a ver.

Por sua vez, Justino teve um dia cheio, trabalhara com prazer, vendo novamente dona Severina contente, feliz, até mesmo cantando modinhas. Já na hora de deixar o serviço e ir ao encontro do cego, ela o chamara para comer o virado.

— Justino, quero falar-te — disse-lhe ela, enquanto preparava o jantar dos pensionistas.

O menino se assustou, largou no prato de folha a colher que levava à boca. Estavam acostumados a conversar, enquanto faziam seus serviços, porém nunca ela lhe dissera assim: "Preciso falar-te".

A troca de ideias girara sempre em torno dos problemas diários, dos animais, do que haviam visto na feira, um acompanhamento agradável para o trabalho, e o café, para as compras. Que teria feito de errado? No que a teria desgostado, tão boa era, que fosse preciso chamar-lhe a atenção?

Justino tenta se lembrar de seus atos.

Dona Severina notou o ar assustado do menino.

— Come teu virado, não precisas te assustar, não é nada de mal, até que é muito bom o que tenho a dizer-te.

Justino volta ao virado, mais sossegado, mas ainda inquieto. Tudo o que alterasse o equilíbrio atual de sua vida dava-lhe preocupação. Apegara-se à rotina cotidiana e essa lhe era muito agradável.

— Justino, tenho pensado na chuva, o inverno logo chegará, não é possível tanta seca continuar assim. Isso tem que ter um fim. Quando as águas chegarem, tu e o cego precisarão se mudar da ponte. Então... — e... aos tropeções, mais comovida do que deseja parecer, faz-lhe a proposta.

Termina:

— Sabes, é somente cobrir com cipó a palhoça e ela ficará boa, lá poderás armar rede para ti e para o cego, ela abrigará mais que a ponte. Tenho visto nuvens, sinais de chuva, está bem na hora da gente cuidar disso. Depois, além de trabalhares para mim, poderás arranjar outro servicinho por aí e, com o dinheiro que ganhares, comprarás novas calças.

Justino parara de comer, cabeça baixa, sem saber como reagir a tanta felicidade. Sua capacidade de ser feliz talvez fosse pequena, ou melhor, ainda não explorada. Tem vontade de chorar, mas sabe que dona Severina poderá tomar a mal suas lágrimas de alegria, de paz. Precisa dizer à patroa palavras de agradecimento, mas a garganta está contraída, as palavras não saem.

— Que é isso? Não gostaste da ideia? Nada te obriga a aceitar, foi somente uma ideia minha.

Justino encosta a cabeça nos braços, desanda a chorar. Lágrimas grossas lhe caem pela face. Os soluços o sacodem.

— Oxente, choras?

Parada à frente do menino, mãos na cintura, toda ela era uma interrogação viva.

— É que... é que... mecê é muito boa, Deus lhe pague.

Dona Severina respira aliviada.

— Ora, ora, que susto me deste, pensei até que não aceitava minha oferta. Não vejo motivo para tantas lágrimas.

O menino toma a colher e recomeça a comer o virado de permeio com as lágrimas. Elas descem abundantes, chora agora pela mãe, pelo pai perdidos, pelos ásperos caminhos, pela fome, pela paz que irá provar. Limpa o nariz nas mangas da camisa, mais acanhado que sempre.

Pitó, que aos primeiros soluços do menino pusera-se a ganir desconsoladamente, ao vê-lo mais calmo, a comer, entende que tudo vai bem e volta à sua ocupação predileta: correr atrás dos frangos.

# 10

Hoje é o dia, pensa Chico Cego, ao abrir os olhos para a claridade matinal cujo calor ele sentia, mas absolutamente não via sua luz! Mais hoje... e... pronto. Outra vez só! Eu e minha cegueira. Tocou no menino que ainda dormia enrodilhado com o cachorro aos pés. E se o deixasse agora? Que ele pensaria ao acordar sem o companheiro ao lado? Sentiria muito? Logo dona Severina o consolaria... isso com toda certeza. Diria que era melhor assim, que ele, Chico Cego, partiria em busca do beato... Ali na ponte, faltava-lhe a coragem, seria melhor quando estivessem juntos: ele, a patroa... Chico Cego pica fumo vagarosamente, procurando solucionar o caso do melhor modo possível, mas em todas as soluções seu coração se contrai, pois nelas só encontra um mesmo resultado — a separação.

Isso lhe dá muita tristeza, a maior que já sentira desde que deixara a casa paterna.

Que seria do menino, depois de sua partida? Dona Severina cuidaria dele como filho! Então... era melhor mesmo se separarem, que essa vida de errante não era boa para menino. Olha Justino, com os olhos da alma. Ele se vira na rede, incomodado com o sol forte a lhe bater nos olhos. Ainda não despertara de todo. Mais uma feira, pensa o cego, depois precisarei fazer das tripas coração... nada de fraquezas, ele não deve desconfiar.

Pitó gane coçando-se, ainda está cheio de pulgas e carrapatos. Quando as águas chegarem, mergulhará mesmo num bom banho. Arranha-se na palha áspera da rede, isso lhe dá um pouco de alívio. O menino acorda de todo. Esfrega os olhos vermelhos castigados pelo sol forte. Toma a faquinha de picar fumo, que na véspera o cego lhe havia dado:

— Toma m'nino, é tua — dissera —, és m'nino ainda e não deves fumar. Mas ela é boa, também, para descascar frutas.

— E mecê?

— Ora, eu comprarei outra na feira, não te preocupes. — Justino, mal acordado, toma-a nas mãos e a examina, muito feliz.

— M'nino, tu acordaste?

— Sim, abença.

— Sabe — diz-lhe entre duas baforadas —, estive pensando, é bom que leves hoje mesmo tua trouxa. Já tens casa, tu vais cobrir a choça, não vais?

— Sim, senhor.

Acostumado a obedecer, junta suas coisas, lava o rosto com um pouco d'água que trouxera numa garrafa da pensão, pois há muito que o rio secara, e sente-se mais desperto, pronto para iniciar um dia que lhe prometia ser bom, já que tinha comida, trabalho e casa.

— Vamos — pergunta-lhe o cego —, estás pronto?

— Sim, senhor, e mecê não leva suas coisas?

— Levo sim, a violinha, meu cajado e o embornal. Podemos partir?

Caminham como sempre, porém há diferença nos corações, um vai alegre, festivo, o outro a chorar desconsoladamente, sem derramar lágrimas. Indiferente, o povo passa e repassa, cada um para sua luta diária. O calor continua. A feira, antes de aparecer, se anuncia por seu burburinho, vozes, gritos e cheiros diversos. Lá chegando, separam-se. O menino, como sempre, pede a sua bênção.

— Abença, Chico Cego.

— Deus te abençoe, m'nino e te faça feliz. Olha.

O menino vira-se na expectativa, espera que o cego lhe diga o que deseja. O silêncio prolonga-se.

— Mecê disse?!

— Nada, não, podes partir com a graça de Deus e da Virgem Maria. Diz à tua patroa que ela é muito boa. Precisas estimá-la muito.

— Sim, senhor.

Caminha ligeirinho, trouxa na cabeça, leve, mais leve que sempre, pensando na choça que iria cobrir, no seu dia cheio de trabalho, nas chuvas que virão, no inverno que tarda, mas chegará um dia. Pensa de leve, quase acanhado da bondade de dona Severina. Esta o recebe, alegremente:

— Trouxeste tuas coisas?

— Chico Cego mandou.

— Muito bem, e ele como está?

— Graças a Deus, bem. Mandou dizer que a senhora é boa...

— Podes deixar tuas coisas aqui no canto, depois de cobrires a choça, levarás para lá a canastrina. Está bem?

Justino encosta seus pertences no canto e uma ideia luminosa o assalta. E se pedisse para dona Severina guardar sua santinha no oratório? Dar-lhe de presente não podia, era de sua mãe e a ele parecia ficar órfão pela segunda vez se assim procedesse.

Aquela imagem tinha um pouco de sua mãe, sua ternura, sua proteção. Pediria somente que a guardasse, junto com os santos, no oratório que vira na sala. Era um belo oratório entalhado, cheio de santos coloridos. Lá, a imagem ficaria bem.

Meio engasgado, vermelho, faz o pedido:

— A senhora poderia ficar com a santinha, guardar no seu oratório, era de minha mãe.

— Com prazer, vou guardar para ti mesmo; um dia, quando casares — afirma examinando a imagem —, eu a devolvo. Olha só, vamos colocar no oratório, é bem bonita.

Abre o oratório, afasta as imagens e dá um lugar de honra à santinha. Justino lembra-se da mãe rezando ao anoitecer, o sino da fazenda badalando a Ave-Maria... o pai tocando o boi... ô... ô... boi.

Dona Severina tranca o oratório e o chama.

— Vamos? Está tarde.

Sobressalta-se, ouvindo a voz da patroa. Toma as cestas e a acompanha. Pitó, mancando, pois estava com uma pata inflamada, vai atrás.

— Está precisando vir a chuva — diz dona Severina olhando o céu em brasa. — Que calor danado... precisas cuidar do Pitó, pôr criolina nos bernes e tirar o espinho da pata.

Caminham como sempre, ela uns passos na frente, falando sem se virar, o menino e Pitó atrás. Ao se aproximarem da feira, algo de estranho perturba Justino, faltava-lhe alguma coisa, certa sensação de desequilíbrio, de quebra nas coisas rotineiras a que se apegara num esforço de segurança. Já estão bem próximos da feira e de repente Justino tem noção do que está acontecendo. Faltava o som da violinha, a voz fanhosa do cego, a recebê-los ainda no caminho. Essa era a saudação do amigo, suas boas-vindas. Que teria acontecido, estaria cansado?

Como sempre, começaram as compras, as cestas se enchendo à medida que se encaminhavam para a pracinha, onde Chico Cego fazia seu ponto.

Justino espraia o olhar a procurá-lo, onde estaria? Não o avista sentado, a pitar ou a tocar. Por onde andaria? Que lhe teria acontecido? Preocupado, pergunta a dona Severina:

— Mecê não vê Chico Cego?

— Não, menino; ele não está?

— Que teria acontecido? Onde ele estará?

Olha ao derredor, muito aflito, procurando-o entre o povo.

— Não te afobes, vem comigo para casa, lá te explicarei tudo. Devia ter conversado contigo antes de sairmos, foi falta de ideia.

Pitó, farejando algo de estranho, pôs-se a ganir.

Justino, petrificado, não se move, parece-lhe que tudo ruíra a seu redor, a seca queimara os pastos, a água do rio secara, o gado morrera e ele estava só no mundo, outra vez.

— Dona — Justino exclama —, que será que aconteceu?

Dona Severina puxa-o pela mão.

— Vamos, filho, não te preocupes assim, vamos levar as compras e depois te contarei tudo bem direitinho. Juro pelo Senhor Bom Jesus que nada aconteceu de mau ao Chico Cego. Vamos!

Mas, ao menino, seus pés pareciam substituídos por duas pedras, não conseguia se mover, os cestos no chão, olhando o espaço vazio deixado pelo cego.

— Anda daí, Justino, os hóspedes nos esperam, precisamos levar as compras para o almoço.

Justino obedece, porque só isso é que sabe fazer na vida, obedecer. Mais encolhido que nunca, o menino caminha, procurando, naquele desencontro, o rumo certo. Que teria acontecido ao amigo? Ligeira esperança o anima, quem sabe teria ido tocar mais longe sua violinha? Quem sabe se o polícia, que ali ficava a vigiar a feira, implicou com ele, mandando-o embora? E se ele estivesse na pensão, esperando por eles?

Mas nem sinal pelas ruas; o sol quente, as cestas, cujo peso antes nunca sentira, pareciam-lhe estar cheias de ferro. Não estava também na pensão. Enquanto guardavam as compras, dona Severina, um tanto confusa, procurava palavras para explicar ao menino a situação sem feri-lo muito, sem vê-lo sofrer. Não pode adiar mais o que tem a dizer. Justino, na porta da cozinha, traz estampada no rosto toda a sua aflição.

— A senhora dá licença, vou procurar Chico Cego, ele deve estar perdido por aí.

— Não te preocupes, calma, meu filho; Chico Cego partiu para o sertão.

— Partiu! Por quê? Estará zangado comigo? Porque eu o tenho deixado muito só?

Parou, afogueado pela emoção. Dona Severina faz alguma coisa para acalmá-lo, ao lhe estender um copo-d'água adoçado com rapadura.

— Toma, meu filho, isto ajuda, não te afobes tanto, podes confiar em mim. O velho cego não está zangado, não, pelo contrário. Ele te estima muito. Ele mesmo quis que ficasses comigo.

Justino quer fazer perguntas e não pode. Encosta-se na porta, trêmulo, ofegante.

— Mas, por quê?

— Por nada, não, não quis que sofresse a seca que anda pelas caatingas, por esse mundo afora. Ele voltará, foi em busca do beato.

— Ele foi e não me levou — murmura o menino, imerso em dor, em desolação. — Quem vai servir de companheiro? Ele precisa de mim para ver.

Dona Severina havia muito chorava, limpando os olhos e assoando o nariz no avental.

— Tens razão, Justino, ele precisa de ti, mas não quis te levar. Vai se ajeitar com outro retirante que servirá de companheiro. Tu não deves te amofinar tanto assim, porque ele foi em busca do seu ver. O beato é santo, dá vista aos cegos, faz andar os paralíticos. Conhece uma terra onde há água e as plantações vicejam sempre. Deixa que teu amigo siga seu destino, voltará um dia bom, curado.

Justino ouve as palavras animadoras de dona Severina, aos poucos os soluços vão diminuindo e certa esperança o abraça e envolve — quem sabe se o amigo encontrará novamente seu ver... Lembra-se da faquinha, da única recordação que dele possuía. Tira-a do bolso e a examina. Chico Cego já sabia que ia partir quando lhe dera o presente. Seus olhos se enchem novamente de lágrimas, que lhe descem pela face. Que triste destino o do cego, sozinho por essas caatingas tão rudes e cheias de espinhos.

— Olha, Justino, guarda tuas lágrimas para coisas mais tristes, Chico Cego voltará bom, com seu ver, e tu ficarás com ele morando na choupana. Vamos trabalhar, o trabalho distrai. Tu precisas cobrir...

Uma ideia a ilumina.

— Justino, enquanto Chico Cego não volta, tu podes dormir aqui dentro, é mais agasalhado. Tu limpas o quartinho de despejo e lá armas tua rede. Pomos a lenha na choça, isso mesmo. Tens muito o que fazer, o dia vai ser curto.

Mais animado, com tantas tarefas pela frente, o menino põe-se a trabalhar. À noite, sozinho no quarto, seu coração se contrai, com a lembrança do amigo. Coitado, por onde andará?

Os dias se sucedem, os trabalhos se renovam e na repetição dos atos diários de sua vidinha simples, Justino encontra a paz...

E, assim, os dias passam e com eles os meses e até a própria seca.

Seca, chuva, plantações, hóspedes que chegam e que partem. Pitó engordando, livre dos bernes e dos carrapatos, a horta verde, as mangueiras carregadas, cajus, pitombas.

Justino fora ver a ponte que as águas na sua força carregaram. Tudo alagado, mais tarde o pasto verde, a princípio suave, depois cor de garrafa, quase negro de tão forte e vigoroso.

Retirantes voltavam das cidades em direção às fazendas. Procuravam as terras que haviam abandonado na seca. Alguns, mais magros, mais sofridos do que quando haviam partido. Outros, por sorte, haviam trabalhado nas cidades. Aqueles que não haviam partido para outros Estados não podiam permanecer longe das terras que tinham plantado em anos melhores. Sabiam que iriam encontrá-las pisadas pelo gado, requeimadas pela seca, maltratadas pelo dilúvio que corria alagando tudo, mas voltavam porque lá era o lar; onde haviam casado, tido filhos, lavrado com o suor do rosto, era tudo o que possuíam. Voltavam.

Justino, então, na feira, durante seus pequenos recados, procurava ouvir os retirantes que por ali passavam. Traziam alguma notícia de um cego? Ou em suas andanças pelo sertão teriam ouvido sua violinha? A mais triste, a mais chorosa? Ou, quem sabe, um homem feliz a tocar, cantar alegremente, anunciando a graça que o beato lhe concedera com seus olhos murchos agora cheios de vida, azuis como o próprio céu?

Perguntava e tornava a perguntar, talvez alguém lhe trouxesse notícias.

Porém, os dias se sucediam e nada, absolutamente nada, ninguém vira ou ouvira o cego, ou a respeito do cego. Dona Severina acalmava o menino.

— Tu não deves te entristecer assim; um dia ele aparece por aqui, tu vais ver. Meu primo-irmão sumiu durante cinco anos e voltou podre de rico. Foi trabalhar nos garimpos e encontrou um brilhante do tamanho de um bago de uva.

Justino então se animava... e ficava à espera dia a dia...

# 11

Ano-novo começou.

Quem visse Justino, não o reconheceria naquele garoto mais prosa, mais desinibido, mais alegre que serviçal, a correr de um lado para outro, atendendo aos fregueses, carregando lenha, limpando a horta.

— Que seria de mim sem o Justino? — comenta dona Severina, com os amigos e hóspedes. — Este menino é outro.

Justino vive sua vidinha simples, quase feliz, contente, recebendo e dando, sempre a pensar no seu companheiro cego, a andar nas estradas ásperas. Logo a seca começará, logo o sol inclemente rachará a terra, torrando tudo o que nela encontre. Nenhuma notícia durante esses meses. Teria se avistado com o santo? Quem sabe seria agora somente Chico e sua violinha.

Um dia, como o dissera muitas vezes dona Severina, que alegria!, ele aparecia gordo, forte, com os olhos a brilhar, pensava Justino... então trabalhariam lado a lado e todos seriam felizes.

Não era só a saudade do amigo ausente que alterava a placidez da vida de Justino. Havia outro motivo a encrespar as águas mansas de sua vida. Tanto quanto desejava encontrar o cego, desejava aprender a ler. Via os meninos menores do que ele passarem em bando, alegres, com os livros e cadernos. A escola ficava bem perto do larguinho, onde os sitiantes vinham vender seus produtos. Ouvia os cânticos, suas vozes alegres, suas risadas.

Já conhecia alguns, conversara mesmo com vários.

Os hóspedes trocavam jornais, comentavam as notícias e ele sempre ausente disso tudo. Muitas vezes ouvira o pai dizer à mãe: "Gostaria que o menino aprendesse a ler, a escrever, não crescesse ignorante como nós". "Quem não sabe ler e escrever é cego de olhos bons. É pior do que a cegueira", comentava a mãe. Na roça não havia possibilidade, nem o padrinho sabia ler. O filho do fazendeiro era o único que devia saber, pois ia à escola da cidade e nas férias Justino o vira algumas vezes, deitado na rede, do alpendre, com um livro nas mãos, lendo.

O segredo de Justino se acha guardado em seu coração; ele não sabe se deve ou não falar com a patroa. Se Chico Cego estivesse lá, resolveria o assunto.

Assim, os dias passavam. A seca se anunciava, este ano, mais fraca. Os hóspedes comentavam, trocavam ideias a respeito. Não haveria levas de retirantes, as terras suportavam valentemente o sol e a falta d'água.

Certa vez, sem aviso, um dos hóspedes pediu a Justino que fosse dar um recado. Escreveu o endereço no verso do papel, entregando-o ao menino, que o revirou nas mãos sem nada falar.

— Não entendes a letra?

— Não sei ler, não, senhor.

— Como, não sabes ler? Quantos anos tens?

— Treze, sim, senhor.

— Nunca foste à escola?

— Não, senhor, lá na roça não tinha escola.

— E aqui, por que não estudas?

— Não sei, não, senhor.

O coração saltou-lhe no peito, nem podia respirar, que coragem precisaria para dizer ao seu Quirino, o hóspede, que esse era o seu maior desejo.

— Então, por que não vais? Há uma escola noturna, poderias frequentá-la, sem que isso atrapalhasse teus trabalhos. Estás bem crescidinho. Faz falta saber escrever e ler. Nem o teu nome sabes escrever?

— Não, senhor.

— Oxente, então não poderás mais tarde ser eleitor... É preciso que vás à escola!

"Não poderás ser eleitor"... essas palavras ficaram dançando na cabeça do menino.

Seria assim tão importante ser eleitor? Não era esse o maior, o único desejo do pai: "Nosso fio, muié, deve estudá, lê e escrevê, saí destas terras, sê gente..."

Sair da terra, saíra. Estava acampado noutras bandas procurando o que até então não soubera explicar, mas agora, com as palavras do viajante, tomara consciência... ler e escrever...

As noites se sucediam nessa constante interrogação: Como fazer para ler e escrever? A quem procurar? Se o Chico Cego com toda sua sabedoria estivesse ali!

Finalmente, resolve tomar a iniciativa. Uma vez já se aventurara: ao deixar seu casebre! Será preciso agir novamente com coragem. Amanhã falará com dona Severina. Sim, amanhã!

Resolução tomada, sente-se calmo, em paz, e dorme, pois sabe que amanhã dará seu primeiro passo na nova estrada. No dia seguinte, cumpre como sempre as tarefas diárias, ir ao mercado carregar as compras, varrer o quintal, cuidar das aves, pôr a mesa para o almoço, servir, mas sempre com o pensamento preso no que irá fazer mais tarde.

Após o almoço, quando dona Severina pitava seu cachimbo de barro, à porta da cozinha, gozando um pouco de sombra do pequizeiro, examinando as aves, calculando suas gorduras e farturas, o menino se aproxima com ar hesitante.

— Dona Severina?

— Que é, Justino, estás te sentindo mal?

— Não, senhora, é que... — mas falta-lhe coragem. Não seria melhor continuar assim? Talvez ler e escrever não seja coisa para menino retirante!...

— Fala, menino, tu assim me deixas preocupada.

— Dona Severina, não sei ler, o senhor caixeiro-viajante me disse que assim não posso ser eleitor.

Falara aos arrancos, porque mão forte lhe apertava a garganta, trancando-lhe a voz no peito.

Agora, ali, cabisbaixo, não sabe para onde dirigir os olhos. Sente as faces arderem; até Pitó pressente algo diferente, algo estranho e sai ganindo.

— Oxente, menino, e para me dizeres isso é preciso te afobares tanto? Não sabes ler e nem escrever... e eu que não tinha pensado nisso... cabeça de velha, fraca mesmo!

Fica um tanto abstraída, fitando o menino. Bem que ele tinha razão, se tinha. Quanta falta lhe fazia saber ler; e nem podia responder às cartas que Dito, o irmão, lhe mandava de Canindé de São Francisco. Tinha que pedir sempre a ajuda do compadre...

Justino, ali de pé, não sabe o que pensar, preocupa-se ao ver dona Severina tanto tempo quieta, parada. Se pudesse dar o dito por não dito...

— Pensaste bem, menino, é preciso aprender a ler e escrever...

Justino sai do retesamento em que se encontrava, como cordas de um arco que, depois de disparar a seta, bambeia lasso, enfraquecido. O esforço fora grande, gotas de suor lhe porejam a fronte. Apoia-se num pé, o corpo amolecido, com saliva a voltar-lhe à boca seca...

— Pois, se a dona deixar, eu pergunto aos meninos onde eles aprendem a ler e escrever, também a contar para não ser enganado na feira.

— Muito bem, Justino, mas isso eu sei, onde se aprende a ler e escrever é na escola.

O menino olha-a perplexo, hesitante.

Sim! Aprende-se a ler e escrever em escola... Mas em qual? Não seria muito grande, ignorante, para frequentar a mesma escola em que os pequeninos iam? Não teria passado do tempo de ir à escola?

Via-os passar com as roupinhas limpas, pés descalços, sacolas nos ombros... a conversarem, empurrando-se, a rirem...

Olham-se mais uma vez no esforço comum de resolverem a questão.

— Justino, que achas?

— Se a senhora deixar, vou à escola.

— Tens coragem, menino, de ir à escola sozinho? Estás mesmo mais homem. Sabes, Justino, tu precisas cortar os cabelos.

— Sim, senhora.

Silenciosamente, volta ao trabalho, porém em seu coração soam sinos. No dia seguinte, cabelos cortados, sandálias nos pés, roupa limpa, ele se dirige à escola onde vê as crianças entrarem e saírem. Conhece bem o horário das aulas, pois há muito observa o movimento dos estudantes.

Nessa única escola de Croibero havia quatro professores que se revezavam, em turnos. À noite, duas salas eram ocupadas por mestres que davam gratuitamente cursos de alfabetização para adultos. Ao atravessar a praça da pequena vila, sob o sol escaldante, o menino transpira copiosamente, mas parece nada sentir.

Chegando ao prédio onde funciona a escola, pequena casa de beiral largo, que projeta sombra na calçada com janelas abertas para um pátio, ele para, sem coragem para prosseguir. Aquele primeiro impulso, que o levara até ali, cessa de repente. Sente-se trêmulo, assustado com a própria ousadia.

Encostado às grades da escola, vê crianças entrarem alegres, risonhas. Parecem tão felizes, despreocupadas.

O sino da Matriz dá doze badaladas... logo uma campainha soa lá dentro e as vozes alegres silenciam.

Falta-lhe coragem para entrar. Sua mente confusa só consegue entender uma frase martelada com insistência: "É aqui que se aprende a ler e escrever... é aqui...".

Quer voltar, quando, sem saber como, quiçá levado por esse raio de luz que entrevê na desordem de seus pensamentos, dá um passo para dentro e vê na ampla sala, sentado à frente de uma escrivaninha, um simpático senhor que lhe sorri amavelmente.

— A quem procuras?

Justino não encontra palavras. Como sempre, nos momentos de angústia, essas lhe faltam e a garganta seca enquanto o coração bate desordenado.

— Vamos, não te assustes. Aqui é a casa dos meninos.

Levanta-se, empurrando Justino para uma cadeira perto de sua mesa.

— Senta-te aqui, assim conversaremos melhor. O que desejas? Já sei! Aprender a ler e escrever, não é?

Justino é tomado de surpresa; como aquele senhor adivinhara tão bem suas intenções? Olha-o com olhos mansos e humildes, ainda em silêncio.

O senhor Barros, professor do curso noturno, é também diretor da escola e conhece profundamente as crianças.

— Queres aprender a ler ou já és aluno aqui? Não, aluno não és porque não te conheço. Ainda não frequentas a escola. Vens de longe?

— Não, senhor.

— Pois, vamos aos fatos, estás mesmo na idade escolar, como te chamas?

— Justino, sim, senhor.

— Justino do quê?

— Justino do seu Raimundo.

— Não pergunto o nome do teu pai, quero que me dês o sobrenome, Justino do quê?

— Não sei, não, senhor.

— Tens certidão de nascimento?

— Não, senhor.

— Nunca foste registrado?

— Não sei, não, senhor.

— Teu pai nunca te falou da certidão, do teu registro no cartório?

— Não, senhor.

— Onde moras? Não tens pai?

— Não, senhor, moro com dona Severina.

— Ah! Já sei, a dona da pensão. E tua mãe?

— Não tenho, não, senhor.

— És órfão de pai e mãe?

— Sim, senhor.

— Onde moravas antes?

— Na fazenda do coronel Juvêncio, no Passo Fundo.

— Teu pai ia sempre à cidade?

— Não, senhor, nunca foi.

— Então não foste registrado!

— Acho que não, senhor.

— Não sabes teu sobrenome?

— Não, senhor.

— Quantos anos tens?

— Treze, sim, senhor. Mãe disse que nasci em março, dia de São José.

— Dia 19. Está aqui na folhinha, pois veremos isso noutro dia, agora vamos acabar de preencher a ficha. O nome do teu pai?

— Raimundo, sim, esse é o nome.

— Raimundo do quê?

— Não sei, não, senhor.

— Está bem, tens treze anos, moras com dona Severina e te chamas Justino. Queres aprender a ler e escrever. Isso nasceu de tua cabeça ou foi dona Severina quem deu a ideia?

— Não, senhor, eu... eu, acho...

— Eu sei, eu sei, queres aprender, queres ser gente, não é Justino? Estás no caminho certo, logo estarás alfabetizado. O caminho é difícil, mas sinto que não desanimarás.

Justino não tirava os olhos do chão, sentindo as faces queimarem... se dona Severina estivesse ali... ou o Chico Cego... mas só, tão só...

"Seu" Barros parou de escrever, de anotar os poucos dados que o menino lhe fornecera: retirante, 13 anos, filho de seu Raimundo, contratado do coronel Juvêncio, empregado de dona Severina... nada mais.

Deu profundo suspiro... quantos Justinos, meninos, retirantes por esse Nordeste, assim sozinhos, desamparados, ignorantes!

Se pudesse arrebatá-los para colocá-los ali nos bancos de sua classe, ensinando-lhes a ler e escrever... Sonho ainda impossível. E, novamente, suspira.

— Muito bem, então serás bom aluno, já que esse é teu desejo; não vens empurrado, vieste por tua própria vontade, isso é muito bom. Trarás lápis e caderno, a cartilha eu a emprestarei. Frequentarás o curso noturno, pois tua patroa precisa dos teus serviços. Às 19 horas em ponto.

— Deus lhe pague, senhor... — e permanece ali hesitante.

— Que mais desejas saber?

— Quanto o senhor cobra pelos estudos?

— Nada, o curso é gratuito, mais tarde ensinarás um menino a ler... e estarás pagando o que recebeste.

Não compreendendo o que lhe foi dito, Justino deixou para pensar no caso mais tarde, em seu pequeno quarto.

Como pagaria aos outros o que recebera ali na escola?

— Deus lhe pague.

— Muito bem, teu lugar está reservado, para o dia 1º de fevereiro, às 19 horas, lápis e caderno. Esta é tua ficha de registro na escola. Podes ir.

Justino quer dizer algo, qualquer coisa que traduza seus sentimentos, sua gratidão. A língua não se move, tolhida, envergonhada, mas o coração aberto, largo, o calor profundamente humano do velho professor sabem captar as irradiações de seu olhar e, com um sorriso amigo, lhe estende a mão, dizendo:

— Seremos amigos, Justino.

Quando no dia seguinte vão fazer compras, dona Severina fala:

— Quero comprar-te umas calças, duas camisas. Tens que ir bem limpo à escola.

Tudo isso transbordava como um rio na vida de Justino e, como as águas fertilizam e dão fruto às colheitas, a ele o transformavam, fazendo-o abrir-se para a vida.

Agora estudava com afinco, tentando recuperar o tempo perdido. Aprendia com relativa facilidade, esforçava-se muito. Sua inteligência assemelhava-se ao juazeiro, estava esperando a chuva para reverdecer. Foi só começar a ler, que a sua fisionomia mudou, ganhou uma expressão nova, de interesse, de vivacidade. Trocava ideia com os pensionistas, conversava, sempre atento aos comentários do rádio, quando transmitiam notícias.

A história do rádio foi engraçada. Um viajante surgiu na cidade, mascateando roupas, utensílios domésticos, bijuterias. E trouxe um rádio. Justino, que até então somente vira e ouvira rádio de longe, gostou muito quando o mascate ligou o seu e o deixou sobre uma mesa, na sala.

A música, invadindo o ambiente, chegava até a cozinha, onde dona Severina e o menino trabalhavam. A senhora, vendo o interesse com que o menino seguia os boletins informativos emitidos no decorrer do dia, resolveu negociar o aparelho e perguntou ao mascate se queria vendê-lo.

— Trouxe-o para negociar e se o deixei aqui, até agora, foi porque a senhora e o menino ouvem as irradiações.

— O senhor é muito gentil. Deus lhe pague, é muito caro?

— Não, se a dona quiser aceitar a proposta que vou fazer, lhe sairá por bom preço.

Dona Severina fitou-o com interrogação no olhar.

— Gostei daquele carrilhão que a senhora tem na sala, podemos fazer uma troca.

— Aquele relógio é antigo, foi de minha bisavó, mas aceito o negócio, o senhor pode levá-lo.

— Muito bem, então o rádio é seu. Vou também dar as pilhas e ensinar o menino como trocá-las, quando estas se gastarem. Da próxima vez que voltar aqui, trarei outras.

Assim, o rádio entrou na vida dos dois e Justino, além das músicas, ouvia as notícias para depois comentá-las com a patroa.

— A senhora ouviu? Amanhã vai fazer mais calor, um tal serviço meteorológico disse.

Esperavam o outro dia e, se esquentava mesmo, os dois se alegravam. Na escola, o menino procurava saber como funcionava o serviço meteorológico...

Seu interesse havia se despertado para tudo. Alguns hóspedes, principalmente um velho professor aposentado, vendo-o tão esforçado, procuravam ajudá-lo nas dificuldades. Todos os seus momentos livres eram dedicados aos estudos e ao rádio, cujo horário conhecia bem, sintonizando-o sempre para os boletins informativos.

Os meses se passaram. Chegando julho, Justino, agora alfabetizado, iniciou a segunda parte de seus estudos.

# 12

Aquela manhã foi a mais triste da vida de Chico Cego. Parecera-lhe cegar pela segunda vez, que seus olhos murchos, por um tempo, haviam adquirido vida, admirado o céu azul, o sol radiante, e, cerrando-se agora para sempre...

Chico Cego sentou-se na pedra do caminho e, levantando a cabeça para o alto, com o sol forte a lhe queimar o rosto, chorou. Suas lágrimas corriam-lhe pela face encardida, ardente, requeimada, como a própria terra.

Soluços profundos o sacudiam e parecia-lhe não mais poder resistir a tanto desengano. Na primeira cegueira ele era criança para entender o alcance de sua desgraça, porém agora não suportava a ideia de que fora vão seu sacrifício.

Deixara o menino sem maiores explicações, partira com estranhos, voltara a ser só, sem companheirinho, servindo-se dos outros como simples guias. A luz dos seus olhos fora o menino, pensava, o "ver" voltara com ele e se apagara com a partida. Não havia santo, não havia milagre, nenhum cego via, nenhum coxo andava.

Nada mais lhe restava na vida, nem alegria e menos ainda esperança. Desta vez, nem mesmo a violinha o alegrava.

— Mecê não se desanime, ainda há esperanças, quem sabe um dia...

Assim o consolava, com essas palavras, seu companheiro, e elas zuniam no ouvido do cego, sem atingir seu consciente. Este achava-se trancado a qualquer consolação, a qualquer palavra de ânimo e de conforto. Deixara o menino em vão... seu único pensamento, sua ideia fixa. Não se importava com o sofrimento da longa travessia, dia a dia através da caatinga, sentindo os torrões se esboroarem a seus pés, duros, cortantes como o gume do aço. Não se lembrava da fome e da sede, na saudade sentida, com o céu estrelado a lhe servir de dossel, na esperança ora desfeita, na alegria perdida para sempre. Sentia isso tudo, ao pensar que deixara o único amigo em busca de uma esperança vã.

O caminho áspero percorrido dia a dia, vinte ao todo, o ouvido sensível recolhendo o choro das crianças, o pedido tão seu conhecido de "Quero comê, mãe", o canto baixo e manso das mulheres, o resmungo dos homens impotentes ante tantas desgraças.

Na frente, a acenar-lhes a figura do beato, do santo que fazia os cegos ver, os coxos andar, da terra prometida onde havia árvores carregadas de frutos, fontes de água pura e cristalina.

À noite, quando paravam e acendiam o fogo espantando cobras e escorpiões, trocavam ideias, ouvindo a lenha crepitar, o sono inquieto das crianças esfomeadas e algum grito soturno da coruja, trocavam ideias a medo, porque só com medo diziam o que pensavam.

— Mecê, Chico Cego, verá de novo a terra e não esta seca e ingrata. A terra do beato.

— Quero encontrar o santo, o "padim", e pedir-lhe um cantinho da terra abençoada, lá levantar meu ranchinho, plantar, ter o que dar de comer para meus filhos — falava um.

— Eu — dizia outro — quero sarar desta canseira, também ter forças para trabalhar. Nada mais gostoso nesta vida do que a gente levantar de manhã descansado, sem a fome a apertar a barriga, lavar o rosto na bica, ver a fumaça sair da chaminé e sentir o cheiro do café adoçado com rapadura.

— E saber, compadre, que no saco há outro para ser torrado.

— Do pão assado... da carne do braseiro... do peixe frito.

Com a conversa, a fome apertara, a saliva chegara à boca, com o pensamento em tanta comida boa, só cuspiam. Logo um disse:

— É melhor a gente dormir, dá mais certo que falar de comida.

O grupo dissolveu-se, cada um se arranchando com a família, as crianças gemendo, as mães ninando e por sobre todos, a seca, a fome, a esperança... logo mais adiante, quem sabe, seria o dia da redenção!

Agora?!

Agora que se haviam encontrado com o beato, nada mais lhes restava, nem a esperança. Somente a fome, a companheira inseparável.

Fora assim:

Haviam caminhado por quinze dias na maior desolação, animados, contudo, com a lembrança do beato a acenar-lhes, no fim da estrada, tempos melhores.

Depois dessa longa caminhada, exaustos, famélicos, se haviam encontrado com grupos minguados de retirantes e... (o que era quase impossível!) mais desolados do que eles próprios. Vinham em sentido contrário em demanda às caatingas.

Resolveram interrogá-los, que lhes estaria acontecendo que voltavam? Não teriam ido em busca do beato? Nada saberiam a respeito dele e daí tanto desconforto? Ou não? Eles o teriam encontrado?

Conversaram e um deles resolveu fazer as perguntas em nome do bando. Talvez fosse preciso mudar de orientação, tomar outro caminho. Até que no meio da tarde encontraram-se com um grupo parado no meio da estrada, parecendo não saber que rumo tomar, três homens, duas mulheres e algumas crianças. Esfomeados, magros, sujos, eram a própria fome, a própria miséria.

Bastião, um dos retirantes, o mais falante, dirigiu-se a um que lhe parecia estar mais disposto, resistindo melhor a tanta desgraça.

— Mecê, boas tardes e a todos.

— Boas tardes.

— Companheiro, desculpe a pergunta, não é intromissão não, mas mecê e os acompanhantes vêm da cidade?

— Sim, senhor.

— Não ouviram por essas bandas falar de um beato, de um padrinho a fazer milagres?

As mulheres abaixavam as cabeças, mais encolhidinhas e tristes, as crianças olhavam com seus olhos enormes nos rostos finos, cor de terra, cabelos desgrenhados, barrigas enormes.

— Sim, companheiro, estamos voltando da cidade de Canindé.
— E o beato?!

A voz saíra-lhe a custo, já desconfiado de novos sofrimentos. Havia tal ansiedade, tal angústia na pergunta que o outro ficou sem resposta a dar. Como lhe custava falar, era assim como atravessar a caatinga, sob o sol escaldante.

— Mecê viu o beato? — insistiu na pergunta.
— Vi, sim, companheiro.
— E daí?
— Daí... — todo o grupo se acercara. Da boca daquele homem, que vira o beato, sairiam notícias maravilhosas, de milagres, de paz, de alegria. — Daí, desculpe se chegou descrença e tristeza, mas já que mecê pergunta, preciso lhe dar resposta, o beato é um homem, um bom homem, nada mais...
— Então?
— É assim, como lhe digo, não há santo não... um bom homem.

Cada um voltou para seu bando, não trocaram mais palavras, não conversaram. Um grupo prosseguiu caminho pela estrada empoeirada, outro permaneceu sentado no chão, embaixo do juazeiro seco.

Somente Bastião, o guia, cuspiu com raiva no chão áspero dizendo:
— Eta vida brava!

# 13

Passaram-se três anos.

Justino, adolescente dos seus 16 anos, ainda magro, não mais traz no rosto, na expressão, traços de fome e nem de indiferença. Pelo contrário, há em seu todo um ar decidido, um certo quê de desbravador, de bandeirante.

Quem o visse notaria nele algo diferente, não pela beleza, nem pelo aspecto físico, pois a fome que sofrera na infância o tornara franzino, mas pelo seu ar voluntarioso, sério, de quem traçara uma reta e a ia seguir.

Talvez, quem sabe, nessa mesma fome houvesse moldado sua personalidade, fortalecendo seu caráter.

Era o braço direito de dona Severina, praticamente tomara nas mãos as rédeas da pensão, fazia as compras, anotava as despesas, cooperava. Dona Severina, descansada, em tudo consultava o menino.

Terminara o primário e pela sua capacidade de estudos fizera o terceiro e o quarto ano num só. Desejava prosseguir, conversava sempre a esse respeito com o professor Barros, que o animava, emprestava-lhe livros, trocando ideias.

Em Croibero havia somente curso primário e Justino esforçava-se à noite depois do trabalho, seguindo a orientação dada pelo velho professor que se fizera seu amigo.

A vida simples não se tornara monótona porque ele encontrava nos livros um mundo novo, diferente. Ali estava a razão de sua vida, com exceção do trabalho, ao qual se dedicava por amor a dona Severina.

Muitas vezes os dois trocavam opiniões a respeito do velho amigo, Chico Cego. Nunca mais haviam recebido notícias, apesar de inúmeras buscas nas feiras, junto aos retirantes que voltavam do sertão.

Justino recorda que, quinze dias após a partida do cego, nuvens haviam se acumulado e a água despencara de uma vez, violenta, agreste como o próprio sertão. O rio novamente correra em seu leito lodoso, crescera, subira até derrubar a ponte de madeira, tudo arrastando. Dona Severina agradecera ao Bom Jesus de Pirapora ter trazido para casa o menino, e acendera uma vela ante a Virgem da Conceição, rezando a oração forte contra a tempestade em intenção de Chico Cego, perdido pelos caminhos.

Com as chuvas, os retirantes haviam voltado, mais famintos do que haviam partido, sofredores, desiludidos. Voltaram porque a casa estava lá, naquele canto, na terra que tinham lavrado com o suor do rosto, em que fixaram a raiz da própria existência.

Talvez... talvez Chico Cego voltasse... e Justino na feira perguntava aqui, acolá.

Uma esperança de começo sustentara dona Severina e o menino: quem sabe se por força e milagre do santo o cego tinha recuperado o seu ver? Não mais seria Chico Cego e somente Chico da violinha?

A desilusão veio com as primeiras levas de retirantes; o santo não fazia milagres, era um homem como outro qualquer. Tudo fora criado pela imaginação do povo que, faminto, roído pelos vermes, é presa fácil da esperança de dias melhores, daí surgindo a lenda do santo.

Era um homem bom, com certo conhecimento de medicina caseira, sabendo utilizar as plantas e com elas fazer remédios que aliviavam as cólicas, as disenterias, as febres. Porém dar vista aos cegos, fazer andar os paralíticos, era pura fantasia de cérebros exaltados pela fome.

O beato mesmo se encarregara de desfazer esse mito. Aos que lhe iam pedir milagres, ajudava-os com bons conselhos, palavras de amor e fé. Congregara em torno de si uma leva de retirantes, porque, além de os auxiliar com sua medicina caseira, era um líder, sabia orientar, impor-se nas necessidades com mão firme, segura.

Das mínimas possibilidades sabia tirar vantagens, de um veio d'água, antes que a leva sedenta se atirasse com sofreguidão misturando-a com a terra ressequida formando barro gosmento, organizava com autoridade turmas, recolhia o líquido e o distribuía aos doentes e crianças. Cavava nos sítios abandonados até encontrar raízes esquecidas de mandioca para transformá-las em farinha.

O santo, enfim, não passava de um homem de visão e de bom coração que procurava multiplicar o pouco, com inteligência, para o proveito de muitos.

Essa era a notícia trazida pelos retirantes. Alguns haviam permanecido lá nas caatingas com ele, trabalhando nas terras dadas pelo governo, e pretendiam ficar nas mesmas, ali perto do rio, e não mais voltar.

Outros, porém, sentiam saudades de tudo aquilo que haviam deixado, o casebre, a paisagem costumeira, alguma cabeça de gado.

Era desses que o menino colhia informações, mas de Chico Cego nada ouvira dizer. Alguns pareciam se lembrar, vagamente, de um cego tocando sua violinha, entoando canções tristes que falavam da amizade, da dor, da separação, porém, com certeza, nada sabiam.

Quando os últimos retirantes passaram pela cidade, a esperança de Justino ficou guardada como brasa sob as cinzas, à espera de uma notícia para reviver.

Daí sua ideia, o sonho que ele entrevia a medo, quase assustado, quando se recolhia no seu pequeno quarto.

Vira toda aquela gente regressar desencantada, mais magros, barrigas mais duras, semelhantes a tambores, paralíticos não de nascença, não de desastre, mas pela falta de alimento, de vitaminas, arrastando-se pelas estradas nas redes, nos ombros dos companheiros.

Justino debruçava-se nos livros e estudava mais e mais, procurando o porquê das coisas. Um dia seria médico e encontraria a resposta e solução para os males de sua terra, de seu povo.

Na sua criação interior, sonhava com crianças de barriguinhas cheias de comida e não de vermes, coradas, estudando nas escolas.

Para Justino, ser médico era como reformar o Nordeste, acabar com a seca e com a fome.

Mas não passava de um adolescente preso ao seu meio pobre, sem possibilidades que não as criadas pela própria força de vontade, desejo e amor ao saber.

Com o diploma do primário nas mãos, com 16 anos, não via solução, estava moralmente ligado a dona Severina agora que suas vidas haviam se encontrado como dois rios no seu percurso. Como deixá-la, já que em Croibero não havia ginásios e como, permanecendo ali, continuar os estudos?

Em seu quarto, esticado na rede, pensava e tornava a pensar sem encontrar alternativa.

Até que... no fim do quarto ano que estava na pensão a resposta veio de uma forma inesperada.

# 14

Dona Severina tinha um irmão em Canindé, dono de uma pensão. Lá por setembro ficara viúvo, com quatro filhas menores de 10 anos. Tudo se lhe tornara difícil, não sabendo como tocar o barco da vida, trabalhar e fazer o papel de mãe; resolveu apelar para o coração bondoso da irmã e foi procurá-la.

— Severina — pedia-lhe, enquanto tomavam café na mesa da cozinha —, precisas me ajudar, pelo amor do Senhor do Bonfim. Nós não temos ninguém na vida, só eu às pobrezinhas e as pobrezinhas a mim. Tu és meu único parente, Severina.

Levara consigo a menorzinha delas, com menos de cinco anos, afilhadinha da irmã, para com isso atrair as boas graças da madrinha. Dona Severina desfizera-se em pranto ao ver a magreza e o ar triste da sobrinha. Com seu natural bondoso, dera-lhe banho, leite, beijus e agora a criança mais do que farta dormia na rede da madrinha.

— Como está magrinha — ainda comentava, secando os olhos no avental.

— Falta a mãe, falta tudo — respondera-lhe o irmão. — Não tem quem lhe dê comida e carinhos. Estão as outras três sobrando por lá. Quantas vezes vou encontrar Celinha e Tatá dormindo no chão, encolhidinhas como os cachorrinhos.

Dona Severina sentia tudo, profundamente. Desejava partir, cuidar das crianças, banhá-las, fazer-lhes mingaus de farinha e de outro lado lhe surgia o quadro de sua vida organizada ali em Croibero, da pensão que precisaria abandonar, de Justino que amava como filho.

Cuidou da menina durante a estada do irmão com muito carinho, pedindo-lhe que a deixasse ali com ela, definitivamente, mas o irmão não concordara. Doía-lhe muito pensar em se separar da caçulinha.

— Mas, Dito, tu podias deixar a Tatá, tu tens mais três que te esperam.

— Sei disso, mana, mas filho não é flor que se dá, filho é pedaço do coração da gente.

— Será só emprestado, mano.

— Até quando? Quando ela voltar sentirá mais a falta da mãe. Não, eu vim pedir que fosses morar com a gente, eu sei, é grande sacrifício. Terias que deixar tudo isto que é teu... tuas comodidades. Mas, pelo amor do Senhor do Bonfim, peço-te que me ajudes.

Despediram-se no outro dia à tarde e dona Severina viu, com tristeza e lágrimas, o irmão partir no caminhão que o levaria. A menina refugiara-se nos braços do pai, adormecendo.

Alguns dias depois, dona Severina, não resistindo à saudade da afilhadinha e aos pensamentos constantes da criançada sem mãe, sem quem as cuidasse, resolveu partir, não podia mais permanecer em Croibero.

O irmão lhe dissera ainda, ao se despedir:

— Mana, tu vendes a pensão, levas Justino. Lá ele dará boa ajuda, tu cuidarás mais das crianças e da cozinha.

Foi quando no cérebro torturado de dona Severina surgiu uma ideia, luz brilhante a iluminar a escuridão, a lhe indicar o caminho já traçado. Em Canindé havia ginásios, e assim Justino poderia continuar seus estudos. E pensa: "Há males que vêm para bem". Daquela tristeza funda, causada pela morte da cunhada, deixando no abandono o marido e as quatro meninas, surgia a possibilidade de Justino estudar. Sentiu-se mais tranquila, as dúvidas diminuíram, iria mesmo partir para Canindé.

E, mais uma vez, dona Severina consulta seu velho amigo e parente, Nhô "Lau", e este a aconselha, com vigor:

— Mas a parenta que mais espera? Se mecê confiar, deixa a pensão comigo e eu a venderei devagar. É só dar tempo ao tempo. Mecê leva o necessário, o que for mais de seu agrado, e o resto fica por minha conta. Hoje mesmo, se mecê quiser, mande carta para o primo Dito.

— Pois, faz mais esse favor, estou decidida, vou daqui fazer nova vida, mais o menino, em Canindé. E o Bom Jesus de Pirapora nos ajude.

— Ajuda sim, que mecê vai fazer o bem.

Assim, Justino se viu numa roda-viva, auxiliando dona Severina, que desejava levar mudas de plantas, certos objetos de estima, despedir-se de amigos velhos, da infância...

E Justino se lembra, nos intervalos, do dia em que, trouxinha nas mãos, deixara sua casa. Parece-lhe agora impossível que tudo aquilo houvesse acontecido para ele, um menino retirante.

A saudade dos pais, a lembrança da infância, aproximam-no do passado. Volta a olhar para a frente, sua vida atual cheia de estudos e esperanças aumentara a distância percorrida, tornando-a quase intransponível. Na frente, o farol do saber a lhe indicar o caminho, a meta a ser atingida. Quanta coisa boa! Ricas promessas de estudo e possibilidades para o futuro, sente-se com coragem para avançar sempre, cada vez mais e tomar a vida nas mãos e realizar-se.

Finalmente, dona Severina dá por terminadas as arrumações, os preparativos finais, e só lhes resta esperar o caminhão. Justino aproveita para conversar com um velho amigo, seu Barros, que dele se despede com tristeza e ao mesmo tempo com alegria. Tristeza, causada pela separação, e alegria, vinda da certeza de que o menino agora poderia continuar seus estudos.

Partem numa manhã. São cinco horas de viagem, em cima do caminhão que viera buscá-los, mais a mudança. Pouca coisa: o pilão, o oratório, redes, engradados com as aves, o papagaio, as latas com as plantas, o velho gato gordo e assustado.

Pitó, preguiçoso, sonolento, indiferente às frangas, suas vizinhas, geme com os solavancos.

Mais uma vez Justino vê a terra seca, requeimada, enchendo a garganta com a poeira fina, cinza e ardente. Árvores retorcidas, terra rachada, abrindo-se em mil bocas a pedir água. Sol violento torrando, rio morto no seu leito seco, tudo na natureza e o próprio homem a pedir água, chuva.

O caminhão come os quilômetros e os pensamentos de Justino também caminham. Nesses quatro anos lera com sofreguidão o que lhe caíra nas mãos, com a mesma fome com que em criança devorava a rapadura com um pedaço de carne. Fome de saber, de conhecer, sempre a pedir mais. Fome que o vigário e o professor procuravam do melhor modo possível satisfazer; essa necessidade premente só era saciada por livros, jornais e revistas que ambos lhe emprestavam.

Justino lutara contra a ignorância que lhe impedia de assimilar tudo o que lia, ainda havia barreiras em seu conhecimento. Recriminava-se, como se fosse culpado da própria ignorância, organizava programas de estudo, avançando nas horas de descanso noite adentro.

Quando dona Severina, preocupada, o admoestava, ele procurava explicar-lhe que, assim procedendo, um dia, não muito tarde, encontraria resposta, solução para seus problemas.

Junto ao cacarejar sumido e fraco das aves, com as gargantas secas, e línguas pendentes dos bicos entreabertos, o menino esforça-se para não cair, não se ferir, firmando-se nas bordas do caminhão a pular na estrada esburacada, de terra batida.

Justino vai pensando, enquanto olha; observa atento o que desliza lá fora, ante seus olhos.

Pelos caminhos, sinais de seca, apesar de não ser tão brava nesse ano. Animais mortos, junto às cercas, carcarás festivos voando em grupos, urubus mensageiros da morte, taperas à beira da estrada, portas abertas, outras tantas bocas a pedir comida...

Justino segura-se bem para não ir de encontro aos engradados e alonga o olhar. Horas e horas de solidão, na paisagem triste, nada de verde, de campos plantados, de águas correntes. Alguns retirantes que mal pousam o olhar nos que atravessavam a estrada no caminhão. O menino se reconhece! Parece viver, novamente, sua retirada. São todos iguais, nada os diferencia, o mesmo andar arrastado, de quem não tem forças para levantar os pés e com eles calcar a terra seca, cabeças pendidas no peito.

Parecem os retirantes, ao menino, um só, que fez com a vida um trato, um trato estranho e triste: passar sempre fome... Justino se revê em todos eles. A saudade de Chico Cego aumenta em seu peito. Por onde andaria, com sua violinha, em qual estrada? Um dia, talvez, haveria de encontrá-lo?

Sente vontade de parar, de dar-lhes um de comer, de abraçar um por um, chamá-los irmãos. Esse desejo avolumando-se em seu peito... que fazer?

Antes de formulada a pergunta, já conhece a resposta, pois além desses há milhares pelo sertão, pelas caatingas, nos campos secos, esparramados pelo Nordeste imenso.

Transborda-se a tristeza do peito em lágrimas, que ele seca, meio raivoso, impotente, na manga da camisa empoeirada.

E, junto à tristeza, crescendo dentro de si, na mesma proporção, o desejo irrefreável, poderoso como uma torrente, de estudar, de aprender, de fazer alguma coisa por eles.

# 15

Canindé de São Francisco foi uma surpresa, tanto para o menino, como para dona Severina. Acostumados com a vida simples, quase de fazenda, de Croibero, onde todos se conheciam, amigos e parentes, não podiam imaginar tanta gente a caminhar, a passar uma pela outra, estranhos e indiferentes. O movimento do trânsito, carrocinhas cheias de verdura, jegues com caçuás transbordantes de mangas, de cajus, de mandiocas, mesmo em tempo de seca. Que milagre seria esse? Abrir as torneiras e fazer jorrar água, que ia espirrar fria e agradável? Tocar um botão e a escuridão se ir, a luz a iluminar tudo, como dia claro?

Quando o caminhão, que a todo momento parecia ir de encontro a qualquer transeunte ou bater num burrico, meio atravessado na rua, parou em frente à casa do seu Dito, dona Severina respirou fundo. Procurou esticar as pernas, um tanto dormentes, espreguiçou-se a meio e esperou que Justino descesse do alto. Este logo apareceu, um tanto estremunhado, meio tonto, zumbido nos ouvidos. Desacostumado de andar de automóvel, pois era a primeira vez que o fazia, em longa distância, sentia-se moído, quebrado. O sacolejar do caminhão ainda produzia ressonância em seu cérebro. As pernas bambas, o corpo sentido, cansado, num movimento para a frente. Tinha a impressão de que, se largasse mão, o corpo desandaria a correr, morro a baixo.

— Ó menino, chegamos. O que está escrito ali? — e mostra uma tabuleta, onde estavam em vermelho os seguintes dizeres:

"PENSÃO DO SEU DITO"

— É aqui mesmo, chegamos, mecê trouxe a gente, bem direito e depressa. Já estava começando a ficar enferrujada.

— Pois, então, é só descer. Vamos, menino, tu me ajudas a descarregar a mudança, ainda vou pegar outro servicinho.

Dona Severina experimenta levantar-se, as pernas se recusam. Depois de duas ou três tentativas e auxiliada por Justino, ergue-se e desce do caminhão. Com o barulho do veículo, das aves, algumas crianças apressam-se a chegar à porta. Põem as carinhas sujas para fora, olham assustadas e entram correndo, chamando o pai em altos gritos e dando-lhe a notícia que os esperados já haviam chegado.

Foi um alvoroço, todos queriam ver a tia, agarraram-se a ela, as maiores chorando. Dona Severina distribuía beijos, abraços, lastimava a desordem e a sujeira, querendo tudo limpo, na hora. Prometia mingaus de milho e cuscuz...

Justino, um tanto atordoado, ajudava a recolher as aves, soltava-as no quintal, arrastava a canastra para uma camarinha. Mal entraram, dona Severina tirou o vestido de "ver Deus", como o chamavam, trocando-o por uma saia velha, os pés, por respeito à nova pensão, metidos em chinelinhos de corda, lenço amarrado a prender-lhe os cabelos crespos e grisalhos, e começou a nova vida.

O menino esforçava-se por ajudá-la, obedecendo às suas ordens; porém, com a alegria da chegada, com o encontro das sobrinhas tão pequenas e desamparadas, dona Severina, pela primeira vez em sua vida, se desequilibrara. E dava ordens atrapalhadas, desfazia o que mandara fazer, parecendo mais um rato tonto preso numa ratoeira que a patroa eficiente lá de Croibero.

— Ó menino, põe as cadeiras, aqui. Não, lá ficam melhor... e tu vem comigo lavar o rosto e logo; Justino, põe as cadeiras acolá, e vamos lavar esses rostinhos sujos.

Seu Dito procurava acalmar a situação, pois as crianças menores, assustadas com o movimento desusado, tinham-se posto a chorar.

— Mana, amanhã tu começas a organizar tudo, hoje é melhor descansares, a viagem foi longa. Justino também precisa de se lavar um pouco e descansar. Amanhã todos trabalharão.

Dona Severina retrucava, enquanto passava um café.

— Não vim aqui para descansar, oxente, e não estou cansada. Quem sou eu, ó mano, para me cansar à toa?

— Não, mana, sei que és forte, porém os longos caminhos com os solavancos do caminhão põem canseira em qualquer corpo.

— Oxente, pois que tens razão, estou com "zoeira" nos ouvidos.

— Senta-te um pouco, vamos tomar o café. — Em torno do café, ou melhor, do fogão, a prepará-lo, comendo uns bolinhos de milho que trouxera de Croibero, a vida tomou outro rumo. Tudo lhe pareceu, então, mais fácil. As crianças sujinhas, a comer com satisfação os biscoitos, o cheiro do café recém-coado, tão seu conhecido, fogão vivo, crepitante, alegre... e tudo foi-se normalizando. A vida entrava nos eixos, tanto para Dito e suas filhas, como para dona Severina e Justino, saídos de um ambiente calmo para um mais movimentado.

A mulher era um moto-contínuo, encontrava no amor forças para sua nova tarefa. Ela, a velha solteirona, acostumada com a vidinha simples de Croibero, tornou-se o fulcro, o ponto de apoio da pequena comunidade. Vassoura nas mãos, ora ao redor do fogão, ou banhando as pequenas, dona Severina nem dava tempo às tristezas que a acompanharam durante a viagem por deixar o que era seu.

Seu nome soava o dia inteiro, as crianças a adoravam e esse amor recíproco parecia dar nova vitalidade a todos e refletir em seus aspectos físicos. Ou fosse esse o motivo, ou fosse a comida cuidadosa da nova cozinheira, o certo é que ambas as partes engordaram e adquiriram novas cores.

As crianças, tratadas com desvelo, pareciam animaizinhos novos, contentes, a correrem de um lado para outro. Quem visse dona Severina, risonha, das panelas para o quintal, a cantar, a chamar a meninada, logo se lembraria de uma bolinha saltitante, a pular.

A pensão, um pouco decadente, adquiriu grande impulso. Logo notícias se espalharam no bairro, a comida da pensão havia melhorado, estava ótima, com nova cozinheira. O simples e diário virado, a farofa de carne-seca, enfim, a comidinha do cotidiano, adquirira especial sabor. Hóspedes surgiam, camas eram armadas com presteza para recebê-los, a comida às pressas aumentada, toda a azáfama de entrada e saída de viajantes, que ali ficavam para sem dificuldades negociarem nesta cidade progressista de Canindé de São Francisco.

Justino tornara-se insubstituível. Desde que chegara à cidade, passados os sustos e surpresas dos primeiros dias, encontrara-se completamente. O contato com a nova vida, diferente da que levava em Croibero, a grande cidade a exigir mais atenção, inteligência, presteza. O menino desenvolvia-se! Suas faculdades, adormecidas pela pobreza do meio em que fora criado e pela simplicidade de vida que levara durante doze anos no sítio e quatro na pequena vila, rapidamente tomaram novo impulso, solicitadas como eram agora.

Justino tinha que se virar como a roda do moinho, carpia, limpava a casa, o quintal, a horta, servia a mesa e tomava contato com essa mesma vida que ali tomara feição diferente.

Pensionistas atraídos pela boa comida vinham tomar as refeições na pensão. Viajantes, vaqueiros, trabalhadores dos canaviais lá iam para conversar e suas conversas giravam sobre açúcar, cana, política, dinheiro, seca e mais seca. Servindo, atendendo à freguesia, com seu ar calmo, educado e simpático, Justino prestava atenção no que falavam, procurava entender os assuntos e à noite meditava sobre o que ouvira.

Aos poucos, ia se desembaraçando de sua timidez, da ignorância, assim com já se desembaraçara da fome.

Desenvolvia-se, também, fisicamente; não era um adolescente alto, musculoso, mas sim de constituição franzina, de estatura média; porém, em seus olhos pretos e vivazes, a inteligência vinha se debruçar ávida, atenta, dando-lhe um brilho atraente.

Aos domingos, depois de servir o almoço, aproveitava alguns instantes de descanso e ia nadar no rio que banhava a cidade. Lá, adquirira certa elasticidade nos músculos e um tom levemente rosado nas faces morenas. Para as crianças era um deus, o "padim", como o chamavam. Padrinho, a expressão máxima de carinho que podiam dispensar a quem não fosse o pai e a tia.

"Padim" Justino fazia estilingues, armava alçapões, descascava os toros de cana e as levava ao rio para nadar.

Na horta, nos pequenos serviços domésticos, pôr a mesa, varrer o quintal, estava sempre acompanhado pelos mais velhinhos, que se esforçavam em imitá-lo.

Aprenderam com o retirante a confeccionar chapéus de palha, fazer panelas de barro e cozê-las no forno que haviam erguido no fundo do quintal.

Para as crianças, cada dia, desde o amanhecer até a hora em que, exaustas iam para a rede, era uma sucessão de coisas maravilhosas, um cofre de segredos, a transbordar mistérios. Os dias, as semanas, a vida, enfim, se escoava, mansamente, como a areia na ampulheta... e o sonho de Justino crescia e tomava conta dele todo.

# 16

Meio ano se passara, Justino depois do trabalho estudava em seu pequeno quarto, junto à cozinha. Estudava por conta própria, lendo, refletindo no que lia, esforçando-se por assimilar e reter o que aprendia.

Sentia ser grande a tarefa, que poderia aproveitar muito mais se estivesse debaixo de uma orientação segura, mas, para não perder tempo, enquanto esperava frequentar novamente a escola, diligenciava aprender sozinho.

Aos domingos, nos passeios à beira do rio travara conhecimento com rapazes e um deles, frequentando o ginásio, lhe emprestara livros e lhe dera cadernos antigos do primeiro ano.

Diariamente, almoçava na pensão do seu Dito um moço de uns trinta anos aproximadamente. Enquanto esperava que o servissem, lia jornais, livros, assinalando certos trechos, anotando outros num caderno que trazia consigo.

Esse era o grande amigo, o freguês predileto de Justino que procurava servir com atenção, ser-lhe gentil, fazer-lhe pequenos favores.

Durante a refeição, certo dia, o moço lhe contara que era sociólogo e que estava ali fazendo pesquisas sobre as feiras do Ceará. O menino não sabia o que era ser sociólogo, à noite procurara no dicionário que lhe dera o vigário, antes de deixar Croibero, e não entendera a explicação.

— Seu Luís, o senhor é professor? — Não ousava pronunciar sociólogo, com medo de errar.

— Sim, sou também professor — respondera-lhe o moço, erguendo os olhos do livro.

— Ouvi dizer que o senhor conversa com os vendedores e depois escreve sobre eles.

— Sim, pesquiso a vida dos feirantes e depois publico meu trabalho. Já tenho outros publicados. Já li uns romances. Mas não escrevo romances, sou sociólogo. Acho que sabes o que isto quer dizer, não?

— Não sei, não, senhor.

— É o seguinte, vou te explicar e entenderás facilmente.

— Ah!... e aqui o senhor estuda os problemas do Nordeste?

— Sim, vim aqui para isso.

— E o senhor vai encontrar remédio para seus males?

Há ansiedade na pergunta, refletida na voz, no rosto do jovem.

— Encontrar remédio? Bem difícil, meu amigo, bem difícil, mas possível. Será longa a jornada, se homens de boa vontade, honestos, com um ideal de amor à humanidade, se dedicarem a melhorar a condição do nordestino, tal sonho será realizado em anos de trabalho, de luta e sacrifícios, mas serão largamente recompensados. Assim, o nordestino terá melhores condições para se realizar como homem, integrado numa sociedade equilibrada, onde todos terão escola, comida, trabalho e bem-estar.

Justino bebia as explicações do dr. Luís, a resposta para suas perguntas, para seu anseio, para aquela angústia que o assaltava, quando pensava no que presenciara e sofrera em criança. Pão, saúde, trabalho em melhores condições e escolas.

— Tu sabes — prosseguia o sociólogo —, o povo é trabalhador, ordeiro, pacato, e então por que, podes perguntar, o cangaço? O cangaço a levar a desordem, o crime ao sertão? Qual sua origem? E esses beatos a congregarem em torno de si centenas de miseráveis à espera de um milagre? Pensas, Justino, que os beatos fazem milagres?

O menino emudecera, seus olhos falavam do anseio de saber, de ter a resposta certa, exata. Todo ele era uma inquirição consciente, viva.

— Tanto o cangaço como o beato são produtos da fome, da miséria, da injustiça, que aflige este povo. O cangaço, querendo resolver à força a situação, e o beato, uma evasão à realidade dura. Se o nordestino, que não é burro não, bem inteligente até, pois daqui do Nordeste saíram grandes homens, brasileiros ilustres, tivesse meio favorável, nem te digo, menino, como isto aqui seria um paraíso...

As conversas se sucediam na hora da refeição. O menino vinha com uma pergunta, tímida a princípio, mal balbuciada e depois mais confiante. Acostumaram-se a ficar proseando uns instantes, quando Justino ia servir-lhe o café. Dona Severina, vendo-o ali tão entretido, esforçava-se em substituí-lo, para que assim ele pudesse, mais desembaraçadamente, conversar.

— Tu te interessas pelos problemas daqui?

— Sim, senhor, professor, gosto de saber tudo sobre minha terra. Sou retirante, o senhor sabe, já lhe disse. Sofri muito e, por essas caatingas, vi muita criança sofrer.

Os dias se sucediam. O professor Luís, ou melhor, o sociólogo, se ausentara para umas pesquisas no interior e Justino sentia sua falta. Acostumara-se com a conversa durante a refeição.

E resolveu, logo que ele chegasse, criar coragem e pô-lo a par de sua situação. Queria uma orientação, sentia que precisava começar seriamente os estudos, pois estava se tornando moço, o tempo passava.

Foi, pois, com imensa alegria que logo depois de uns oito dias de ausência recebeu o sociólogo, correndo a servir-lhe o almoço.

— Como tens passado, Justino? Pensaste muito nos nossos problemas?

— Sim, senhor.

— Que pensaste?

— Não sei lhe explicar, senhor, porém sinto aqui — e mostrou o peito — que devo fazer alguma coisa. Mas, antes, preciso estudar.

— Ah! isso mesmo ia te perguntar, estudas?

— Não, senhor.

— Mas sabes ler?

— Sim, senhor, fiz o primário.

— Vais continuar?

— É o que pretendo, senhor, trabalhar de dia e cursar o ginásio à noite. Lá em Croibero não havia ginásio.

— Já escolheste a profissão? Que pensas estudar?

— Medicina, senhor. — Cala-se, admirado com a própria ousadia.

— Muito bem, precisamos de médicos, para este Brasil imenso. O mal do Nordeste é que, oferecendo poucas vantagens e exigindo muito sacrifício, afugenta daqui seus filhos. Vão para um meio mais civilizado, mais culto, onde a vida é mais fácil. Assim, continuando na mesma, crianças lombrigadas, morrendo de disenteria, febre, mal de sete dias. Já notaste como há cegos, doentes e paralíticos?

Justino aguça os olhos e presta atenção: cegos?

— Falta de vitaminas, é esta maldita farinha com rapadura. A farinha cresce, toma volume no estômago, sacia, mata a fome e nada de vitaminas, de ferro, de cálcio. Não se comem verduras, não se bebe leite. O que se planta aqui? Cana, cana para as usinas das grandes fazendas; o que teus pais plantavam?

— Cana.

— E em tua roça?

— Mandioca para farinha.

— Vês?! Mandioca para a farinha, maxixe e jerimum e batata-doce. Que mais?

A conversa atraía o menino, tudo aquilo que desejava saber o sociólogo lhe explicava. Mas havia o serviço a chamá-lo, o dever a cumprir.

— Bem, Justino, tens que servir o almoço, quero só dizer-te o seguinte: Precisamos de médicos no Nordeste, mais que nos outros Estados. És retirante, sabes como o corpo sofre, enfraquece, como a fome deixa a sua marca. Não te esqueças disso e quando a civilização, o bem-estar acenarem de outro lugar melhor, mais cômodo, mais fácil, é preciso que sejas forte para aqui permaneceres, junto a teus irmãos desprotegidos.

Justino sentiu que a conversa daquele dia lhe dera a resposta exata, total para sua vida, e traçara seu caminho: estudar e ficar junto aos irmãos sofridos, ajudando-os a melhorar sua condição de vida.

— Entendeste, Justino?

— Sim, senhor, não me esquecerei.

— Para tudo isso há, porém, um primeiro passo. Precisas fazer o ginásio...

Depois, nos outros dias, continuavam a conversa, até que, certa tarde, o sociólogo foi procurá-lo, na porta onde ele catava gravetos.

— Justino...

— Senhor? — Olha-o interrogativamente.

— Já te matriculaste no ginásio?

— Não, senhor, pretendo ir por estes dias. Já me informei e sei que as matrículas estão abertas.

— Se precisares de livros, de dicionários, mesmo de algumas aulas, é só me procurares.

— Muito obrigado por mais este favor, os livros devem ser caros.

— Nada me custa, Justino, além de prazer é dever dar a mão a quem quer subir. Vá amanhã ao meu quarto, lá conversaremos melhor. Tens folga nos domingos, não tens?

— Sim, senhor, depois do almoço até a hora do jantar.

— Ótimo, escolheremos alguns livros que poderão te ajudar, gramática, um ou dois romances... Amanhã conversaremos melhor, agora preciso almoçar, pois tenho hora marcada para uma entrevista.

Mais tarde, terminado o serviço, quando descansavam, dona Severina embalando a afilhadinha para o sono da tarde e Justino a esculpir um cavalo de pau para as meninas, conversaram.

— Justino, tu vais estudar, menino. Esse será o começo, não? Tu vês! Nós viemos para cá, para que eu pudesse ajudar meu irmão Dito a criar estas pobrezinhas desamparadas de mãe. E, como tu trabalhas, és bom para as orfãzinhas, és mesmo o "padim" de todas, o Senhor te recompensou. Tu vais estudar!

Seus olhos se encheram de lágrimas, era grande a felicidade... A voz secara-lhe na garganta.

— Mecê, dona Severina, é boa como mãe, o Senhor do Bonfim há de lhe pagar tudo.

— Já está pagando, Justino, tu és bom, és trabalhador.

Nada mais disseram, a emoção, a alegria, eram fortes demais. Sabiam o que de profundo lhes ia na alma. Cada um voltou ao trabalho.

Haveria um novo amanhã para eles...

No dia seguinte, Justino, com ansiedade, esperou a noite. Às sete horas, coração aos pulos, sandálias nos pés, penteado arrumado, roupa nova, Justino se despede de dona Severina, que o acompanha até a porta.

— Abença! O Bom Jesus te acompanhe e de dê sua graça. Vou acender uma vela junto à Virgem da Conceição. Tua mãe te protegerá do céu.

Justino caminha distraído, desligado do que o cerca, envolto no doirado de seu sonho: VAI ESTUDAR!

Atravessa ruas até a residência do sociólogo, bate à porta. Ele vem abri-la e o faz entrar. Aturdido, o menino vê livros por todos os lados, no chão, sobre as cadeiras, na cômoda. Olha tudo aquilo com avidez, nunca poderia imaginar que houvesse tantos livros assim. Há fome em seu olhar.

— Gostas de ler, não?

— Gosto muito, sim, senhor; lá em Croibero o professor e o vigário me emprestavam livros.

— Tenho bons livros. Do que gostas mais?

Justino sente-se pequenino, desamparado, o que havia lido? Tão pouca coisa!

— Li livros de História do Brasil, um romance de Alencar, o *Tronco do Ipê*, alguns números de uma revista sobre conhecimentos gerais.

— Gostas de História?

— Sim, senhor, porém prefiro livros que falem das coisas da vida, do povo, do que ele precisa e sente. Li um livro de História Natural, que um amigo me emprestou, no terceiro ano, e gostei muito.

— Tenho livros de ciências, conhecimentos gerais, revistas ao alcance do nível ginasial e podes levar alguns para ler.

Escolheu vários livros e revistas, separou-os num pacote.

— Podes levar estes, depois verei mais.

Justino sente-se como um retirante que, no meio do dia, quando a sede o devora, encontra um poço d'água fresca e, debruçando-se nele, bebe em grande sorvos. Assim, agarra os livros, as revistas, num gesto de amor e carinho.

— Posso levá-los?

— Naturalmente, são teus.

— Mas, o senhor sabe, demoro para ler, volto sempre a reler; quando não entendo, tenho que procurar palavras no dicionário, o tempo é pouco.

— Não faz mal, ainda ficarei por aqui uns meses trabalhando. Podes levá-los sem preocupação.

— Muito obrigado, cuidarei bem deles.

— Justino, sabes o que podes fazer?

— O que, senhor?!

— Quando encontrares um trecho que não entendas, anota num papel o número da página e conversaremos a respeito. No domingo à tarde tens horas livres, não tens?

— Sim, senhor.

— Então, é só me procurar.

— Não vou aborrecer? Fico acanhado de incomodar.

— Nada disso, fico te esperando. Nunca saio aos domingos à tarde, pois gosto de descansar, lendo.

— Muito obrigado, o senhor vai se cansar de tanto me ver.

— Absolutamente, pertenço a uma família numerosa, sou o segundo na ordem decrescente e depois de mim ainda sobram seis, estou acostumado com a presença de meninos. És parente de dona Severina?

— De sangue, não. Ela é minha patroa, é como se fosse minha mãe.

— Ela não vai se aborrecer com teus estudos?

— Não, imagine o senhor que ela veio para cá, deixando sua casa em Croibero, para ajudar seu Dito e também porque não havia ginásio lá para eu estudar. É mesmo muito boa, gosta de mim como de um filho de verdade.

— Tens sorte, Justino, nem todos amam o saber como tu.

— E, senhor, nem dois ou três dos meninos retirantes encontram uma dona Severina.

— É certo. Mas eu acredito que nós mesmos criamos e forçamos em parte as situações para que elas se nos tornem favoráveis. Conheces a história do ovo de Colombo?

— Não, senhor. Como é?

O sr. Luís contou ao menino como o genovês, num banquete, ouviu comentários malévolos a respeito de sua descoberta. Como ele mandou vir um ovo, desafiando todos os presentes para que o colocassem de pé, sem encostos. O ovo dera a volta à mesa e nenhum dos convidados acertara a solução, até que Cristóvão Colombo, tomando-o em suas mãos, com um único golpe firmara-o de pé.

— Vês, por esta história verídica que, muitas vezes, a possibilidade passa de mão em mão, até que um consegue prendê-la, para realizar com esforço, com luta e com inteligência, seu ideal. A questão, Justino, é ter ideal e ânimo para realizá-lo. Assim, dez, cem donas Severinas, por maior amor, maior cuidado e carinho, nada conseguirão de um Justino, se esse não quiser, se esse não se esforçar.

Justino, vermelho, ruborizado, ouvia os elogios, guardando-os avaramente em seu coração.

— Já escolheste o ginásio?

— Sim, senhor, o Ginásio São Francisco, é perto da pensão.

— Conheço-o e também a alguns de seus professores, inclusive o diretor, que é pessoa competente. Tens o programa de admissão? Há um pequeno exame de seleção, sabias?

— Sim, senhor, sei, embora ainda não conheça o programa.

— Devo ter um por aí, perdido entre os livros. Vê se o encontras.

Depois de algum trabalho, no meio de livros didáticos, encontraram o programa, que discriminava as matérias necessárias ao exame.

Justino lê com atenção, depois, desanimado e com profunda ansiedade no olhar, comenta:

— Sr. Luís, desconfio que não entrarei. Tudo é tão difícil!

— Ora, Justino, és inteligente, que história é essa de desanimar antes de começar? Vamos! Estuda, o que não entenderes é só vir ter comigo.

Dona Severina, a par do assunto, foi logo dizendo:

— Vais servir somente à mesa, não quero que te preocupes com mais nada.

E, ante o protesto do rapaz:

— Imagine, temos tanta menina, elas porão a mesa, tirarão os pratos e tu servirás e no resto do tempo poderás estudar. Não deves te apertar com mais nada.

Justino sentia-se comovido, ante tanta delicadeza e carinho.

— Deus lhe pague, dona Severina. Vou estudar muito.

— Está bem, e trata de entrar no tal ginásio. Se for bom mesmo, a gente põe logo as meninas mais velhas para estudar. De burros, só nós, eu e o Dito. Depois, Justino, sinto uma dorzinha nas mãos, nos pés... é o reumatismo. Tu, quando te formares me tratarás, está bem?

Justino, felicíssimo, transborda sua alegria no trabalho. Desdobra-se, estando sempre presente, alegre, serviçal, bem-humorado.

Estuda até tarde e na hora das refeições demora-se à mesa do sociólogo, servindo-o com atenção renovada, aproveitando a ocasião para fazer-lhe perguntas e assim compreender melhor o que lera.

Os dois meses passaram mais depressa do que Justino desejara. Se tivesse mais tempo, repassaria o programa de matemática. Finalmente, chegaram os exames, Justino passou, notas baixas, porém conseguindo o suficiente para ser matriculado no 1º ano.

No dia primeiro de março, as aulas começaram.

# 17

À noite, depois de um dia de trabalho, Justino ia para o ginásio. Lá, junto aos colegas adultos, todos com o mesmo problema do dia a dia, de luta pela vida, sentia-se feliz, estimulado. Sabia não ser o único, que outros haviam também começado tarde seus estudos, que pelo Nordeste todo havia grande porcentagem de analfabetos e que antes tarde do que nunca. Sabia ser um privilegiado e se esforçava por aproveitar essa dádiva.

Nos domingos, nas horas livres e de folga, procurava o seu amigo sociólogo e com ele trocava ideias, pedia-lhe explicações sobre aquilo que estudara durante a semana.

Assim, a vida corria.

As crianças engordavam, dona Severina cantava trabalhando, Pitó envelhecia, calmamente aposentado à sombra do cajueiro e Justino sentia-se como o juazeiro nos tempos das águas...

Algumas vezes, na pensão aportavam hóspedes vindos do interior, do sertão. Nessas ocasiões, Justino aproveitava para colher alguma informação a respeito do inesquecível amigo Chico Cego. Dele se lembrava sempre, com ternura. Ele, sua violinha, a risada seca, estridente, seu carinhoso "m'nino", haviam feito parte de seu passado.

Em cada cego procurava a fisionomia do ausente. Por onde andaria? Em que estrada desse Nordeste imenso, em que sombra de um velho juazeiro ele se abrigaria?

Certa vez, numa de suas indagações, deram-lhe ligeiras informações que poderiam servir-lhe de rumo.

— Cantava modinha com voz fanhosa, desafinada?

— Sim, assim mesmo.

Justino mal podia respirar de tanta aflição. Se esse homem lhe desse uma indicação para encontrar o amigo...

— Tu sabes — prossegue o mascate, cortando um pedaço de jabá meio duro —, tu sabes, cego cantador há muitos.

— Mas, esse... o da violinha.

— Ah! esse da violinha estava lá por perto de Brejal, uns duzentos quilômetros daqui.

— Ele tinha compaheiro?

— Não me lembro bem se vi companheiro. Estava na feira, cantando e eu vendendo minhas mercadorias.

— Uma cuia de lado?

— Sim, até deixei uma moeda.

— Deve ser ele... o senhor não sabe que direção tomou?

— Não, não sei, se eu voltar a Brejal me informarei.

— Sim, senhor, muito obrigado.

— É seu parente?

— É mais do que parente, é amigo. Chama-se Chico Cego. Se o senhor o encontrar por aí, diga-lhe para voltar, que agora moramos aqui e não em Croibero.

— Sim, não me esquecerei. Cruzo sempre estas estradas, entro pelo sertão e, se nas minhas andanças encontrar o tal Chico Cego cantador de viola, darei teu recado.

Essas foram as únicas informações, que tanto podiam ser a respeito do amigo, como de um outro cego qualquer... pois quase todos os cegos cantadores eram iguais no seu sofrer.

Dona Severina já aconselhara Justino a ter calma, a confiar, a não se entristecer, que mais dia menos dia ele o veria com sua violinha.

Nos estudos, no trabalho e com a saudade no peito, Justino vê se aproximar o fim do ano e com ele os exames e o movimento aumentar na pensão. Viajantes que vinham visitar as famílias, chegados de outros lugares. O sociólogo, que se ausentara por dois meses, em pesquisas noutras vilas, retornou. Justino alegrou-se, quando o viu sentado à mesa. Sentira muito sua ausência.

– Como é, Justino, tu estás mais gordo e forte. E, na cabeça, também cresceu a sabedoria? – riu-se, alegremente, com a própria brincadeira.

– Não sei, não tenho estudado muito. Li os livros e as revistas, o senhor sabe, sou muito atrasado...

– Que é isso? Atrasado nada, anotaste muita coisa?

– Sim, senhor, alguns livros eram dificílimos.

– Isso é bom, assim te esforças mais. As matérias do curso, como vão?

– Mais ou menos, creio que não sou inteligente.

– Qual o quê, ainda te ressentes da falta de estudos na infância, mas logo irás superar essa falha, podes crer. É assim mesmo, no começo. Todo o começo é duro, difícil. Exige muito da gente, mas é preciso ter fé, esperança, fincar o pé na estrada. Tu sabes até mais do que eu...

Justino se animava com essas palavras.

– Já passaste todo o programa?

– Sim, senhor, só me falta recordá-lo.

– Se encontrares dificuldades, procura-me, ainda ficarei por aqui uns três meses e depois retornarei a São Paulo.

– Definitivamente? – perguntou-lhe com certa tristeza.

– Não, ainda tenho serviço para um ano, mais ou menos.

– Ótimo, alegra-me, eu é que lucrarei com sua permanência aqui.

– Muito bem, espero poder ser-te útil, isso só me dará prazer. Sou partidário da teoria que nós todos somos elos da corrente.

– Como assim?

– Você recebe de mim, dá para outro e eu, por minha vez, já recebi de alguém. Só deste modo a vida tem valor, do contrário, o saber pelo saber seria uma forma tremenda de egoísmo. Devemos receber e dar. Vê só, também és partidário dessa teoria. Estás estudando com que fito? Dar vida melhor aos teus irmãos de sofrimento, não é?

– Sim, senhor, o senhor, mais uma vez, está com a razão. Agora não me esquecerei dos elos da corrente. E isso me faz lembrar de uma coisa que desejava perguntar-lhe: o senhor, andando por aí, não soube nada a respeito do meu amigo cego?

— Nada, Justino, e bem procurei, tomei informações, indaguei, mas sem nenhum resultado. E não tiveste notícias?

— Não, senhor, seu Luís. Um mascate recém-chegado do interior, por onde andou uns três meses, me contou que lá por Brejal um cego comprou cordas para sua violinha.

— Certo. E não soube te dizer se era teu amigo?

— Não, senhor, porém, voltará e, então, como lhe pedi, se interessará, tomará informações. É um senhor muito bom, atencioso, prometeu ajudar-me.

— Faço votos para que ele te traga boas notícias, alguma pista.

— Muito obrigado.

A conversa era travada sempre na hora das refeições, entre dois ou três minutos de paz, quando o menino servia o amigo. Alguns dias mais tarde, nessa mesma semana, o sr. Luís foi ao Ginásio conversar com o diretor a respeito de interesses dos dois.

Depois de trocarem ideias sobre problemas pessoais, a uma pergunta do sociólogo, o diretor respondeu-lhe:

— Justino é bom aluno e se não tira notas mais altas é porque lhe falta certa vivência, começou os estudos tarde e também o meio não deve ajudá-lo muito.

— Isso mesmo, trabalha o dia inteiro numa pensão e sobra-lhe pouco tempo para os estudos, apesar de a patroa tratá-lo com filho, facilitando-lhe a vida. Tenho procurado ajudá-lo, reconhecendo nele um moço de valor; empresto-lhe livros, revistas e neste ano de convivência noto certo desembaraço, tanto em suas expressões, como na compreensão do que lê. Fala com mais clareza, o vocabulário, embora pequeno, já está mais enriquecido de termos.

— Você sabia que ele quer ser médico?

— Sabia, sim, tem aptidões para tal. Fizemos testes, no meio do semestre, para ficarmos a par do ideal de cada um. A Secretaria de Educação nos forneceu uma psicóloga que veio de Fortaleza e esteve aqui um mês. Senti sua ausência, vocês teriam se entendido bem. Justino se submeteu aos testes. Depois de prontas as análises, a psicóloga, dona Fúlvia Rosemberg... você a conhece?...

— Não a conheço, não.

— ... muito inteligente e competente, disse-me que Justino tem inteligência normal, um pouco atrasada em seu desenvolvimento. Que aos poucos se libertará de sua casca grossa, questão de dar tempo ao tempo. Quanto ao teste vocacional, disse-me que, por ele, se vê claramente que poderá ser médico, ainda mais que é essa sua vontade.

— Alegro-me com a novidade.

— E mais se alegrará com outra que vou lhe dar...

— Qual? Boa?

— Ótima, também seu amigo será favorecido. Como acabei de lhe dizer, a inteligência de Justino é normal. Sua vontade de aprender vence os obstáculos. Ele possui aquela força interior que impulsiona certos homens para a frente, apesar dos contras. Aproveitando, fará alguma coisa.

— Daí? Isso já me disse, e a novidade?

— Espere, deixe-me chegar ao ponto. Tenho pensado no problema dos adultos. Quero fazer alguma coisa por nossa terra. Aqui, no curso noturno, temos vinte adultos cursando o 1º ano. Variam entre 20 e 40 anos. Somente Justino tem 17. Todos eles se esforçam depois de um dia de trabalho, de cansaço físico, na maioria casados, procurando um lugar ao sol. Alguns são bem inteligentes, capazes de dar muito. Pois bem, com um pouco de trabalho a mais, renunciando a alguns comodismos, organizei uma turma de professores responsáveis, altruístas, que visam na profissão não somente o ganho material, como também o bem do próximo, e apresentamos um pedido para registro de um curso de madureza. Aproveitaremos esse elemento adulto e o impulsionaremos para a frente, num esforço conjunto. Que você pensa disso?

— Ótimo! Ótimo! Você está de parabéns, merece todo o nosso apoio. No que puder, ajudarei. Estarei aqui este ano e o próximo, quando acabarei minhas pesquisas. Posso ajudar em História, Português, Filosofia.

— Muito obrigado. Já estou tratando do registro do curso e nestes seis próximos meses poderemos iniciar o segundo ginasial. Se der certo, em março, iniciaremos o terceiro. Assim, num ano e meio acabarão o ginásio e poderão começar o colegial...

— Terá tempo para organizar tudo?

— Não estou só, como lhe disse, conto com o auxílio de seis professores, todos daqui, conhecedores dos nossos problemas e necessidades. Estão dispostos ao trabalho, até a certos sacrifícios. Já há uns seis meses que elaboramos essa ideia, não é de hoje que ela surgiu. Estamos com a papelada pronta, demos entrada ao pedido de oficialização do curso. Inscreverei seu nome no registro dos professores, em duas matérias, Português e História.

— Pode contar comigo.

— Pensei em Justino, seria muito vantajoso para ele fazer esse curso. Em três anos, estudioso como é, creio que dará conta do recado. Assim, com mais um pouco de sacrifício, poderá entrar na faculdade.

— Formidável, que ótima notícia, ele se alegrará bem.

— Precisará estudar muito.

— Isso não será problema. Com sua capacidade de dedicação, irá dormir sobre os livros.

— Quando penso nos jovens brasileiros, espalhados por esses sertões, nas suas possibilidades de progredirem e sem futuro, a não ser a lavoura rudimentar que lhes fornece o pão de cada dia, dou por recompensados, cem por cento, os meus esforços, sabendo que um Justino dormirá sobre os livros.

# 18

Com essa grande e alvissareira notícia, o sociólogo foi procurar Justino, depois do almoço, e o encontrou a trabalhar na horta, rodeado pelas meninas.

Cada uma se esforçava para ajudá-lo mais que a outra, para se tornar a sua preferida.

Nesse mês de férias, Justino engordara um pouco e, agora, só para dona Severina ele continuaria a ser o menino. Os hóspedes viam nele um rapaz ativo, trabalhador, cheio de iniciativas... o braço direito dos donos da pensão.

A informação encheu-o de alegria, a possibilidade de recuperar o tempo perdido dava-lhe satisfação.

Cada dia que passava, cheio de trabalho, de cansaço, de alegria — a vida podia ser comparada a uma escada, cada dia um degrau a menos para alcançar seu fim — o aproximava mais da felicidade.

Agradeceu muito ao amigo a boa notícia. Não sabia exatamente como expressar seus agradecimentos, nem encontrava para tanto palavras brilhantes, contudo o sociólogo compreendeu o que lhe ia no íntimo.

Dona Severina, esta, sentiu-se feliz em participar totalmente da vida do menino. Não compreendia com exatidão os termos técnicos da explicação dada, não tinha importância, na balança de sua vida o que pesava mais era saber o menino feliz.

Com seu temperamento carinhoso e dado, deixou transbordar essa alegria entre os pensionistas, informando-os a respeito de tudo. Justino recebeu cumprimentos, palavras, incentivos, abraços cheios de amizade.

À noite, no quarto, Justino pensava nos queridos ausentes, em seus pais e no cego. Sempre recordava o pai em sua luta diária, no seu jeito brando, ao se apoiar no cabo da enxada limpando o suor do rosto, sob o sol cruel; a mãe, franzina, encolhidinha, lavando os trapos na cacimba, a assoprar a lenha no fogão velho e encardido. Chico Cego, cantando com sua voz rouca e desafinada para ganhar uns tostões e comprar comida...

Por onde estaria andando? Ainda dentro da escuridão?

Como ele se alegraria com a felicidade do seu "m'nino". Soltaria sua risada, seca, como o estalar dos bambus nos dias de calor. Na solidão do quarto, entre feliz e triste com as lembranças queridas, Justino cerra os olhos de onde correm lágrimas, que lhe deslizam pelas faces.

Dentro dele aumenta e cresce o desejo de ser médico, de estudar, de curar todos os Chicos Cegos do mundo. Vence o sono, o cansaço e, debruçado na mesa, lê... lê... até as horas tardes chegarem e depois a madrugada, anunciada pelos galos dos terreiros.

Então, exausto, mas feliz, dorme seu sono sem sonhos, para quando surgir o dia, com o burburinho da pensão, recomeçar.

Às vezes, os pensionistas lhe perguntavam se não se cansava de tanto estudar e ele sorrindo lhes respondia que a gente também não se cansa de respirar, de beber água, de dormir.

As conversas com o sr. Luís nas horas livres dos domingos serviam-lhe de higiene mental, de descanso da semana trabalhosa.

Sentados no quarto, arrumando as revistas, qualquer assunto que lhes chamasse a atenção era motivo de discussão, principalmente se relacionado com os problemas do Nordeste, da miséria, do subdesenvolvimento do seu povo.

— Como — perguntava, quase aflito ao sr. Luís, quando via as estatísticas numéricas da porcentagem de analfabetos, das crianças que morriam nos primeiros dias de vida, do alimento escasso e mal orientado —, como remediar tudo isso? Qual a solução?

— Sabes, é tudo muito complexo, a terra, a falta de água... — O rapaz não lhe dava tempo de terminar os pensamentos.

— Não é somente isso — e exemplificava com sua voz mansa, pausada. — Quero lhe contar o que passei na infância, o senhor sabe na teoria, eu sei na prática. Afirmo-lhe que igual à minha são as infâncias de todos os meninos criados no campo. Fome, falta de escola, de paz, o medo permanente do patrão, de desagradá-lo, e assim perder o direito de cultivar o pequeno pedaço de terra. Meu pai sempre a dizer: "Sim, senhor, sim, senhor", com ou sem razão.

— Isso, Justino, não acontece somente aqui no Nordeste, em todas as regiões do mundo onde as condições em que vive o homem são desiguais, um possuindo tudo, outro nada tendo de seu. Um a explorar, o outro a ser explorado. Todos os homens têm direito a uma condição digna, devendo ter possibilidade de viver nobremente.

Outras vezes, a questão era levantada por alguma revista científica sobre doenças, notadamente aquelas que mais afligiam a infância do Brasil: paralisia, desidratação, tuberculose, verminose.

Justino procurava, ansiosamente, soluções drásticas para o mal. O sr. Luís ria dos seus arroubos e tratava de colocá-lo na terra, encarando a questão com bases mais firmes.

— Quando o Nordeste tiver açudes para sanar sua falta de água, quando for mais alfabetizado, quando terminar essa semiescravidão em que o trabalhador vive, verás, Justino, tua terra florescer, dar frutos, as crianças felizes crescerem e se tornarem adultos conscientes de suas responsabilidades, como elos da nossa corrente humana.

Ele então ia para a pensão com a cabeça a transbordar de ideias, procurando não se esquecer daquilo que o amigo lhe falara. No curso noturno que frequentava, ficara conhecendo muitos homens, chefes de família, que com enorme esforço estudavam, depois de um dia estafante, para dar uma condição melhor de vida à família. Pensava num futuro mais estável, menos sofrido. Tornara-se amigo deles, frequentando suas casas, procurando compreender seus problemas. Chegara à conclusão de que esses eram um só, sempre o mesmo para todos — trabalhar ganhando pouco, em condições miseráveis, vendo os filhos sofrerem necessidades, porém com esperança em dias melhores.

Compreendeu que a mola propulsora da humanidade, que a tocava para a frente — como os retirantes, pés de pedras, doentes, famélicos a comer estradas, sempre e sempre –, era a esperança. A esperança em dias melhores, se não para eles, pelo menos para a família.

Além disso, aprendera que para ajudar a realização dessa esperança, era preciso a contribuição de cada um, sem escolhas, nem alienações. Desde seu primeiro grito, o homem é homem participante da vida, dela só escapando pela morte.

Procura estudar, assumir responsabilidade, porque um podia fazer muito por todos.

Na mesa da cozinha, logo de manhã, tomando um caneco de café, conversava com dona Severina, sua fiel ouvinte.

– A senhora vê, se não fosse pela senhora eu estaria perdido nesse vasto sertão, ignorante, barriga de tambor, talvez comida de cacará. Como eu, muitos meninos, quase todos com menos sorte, pois nem sempre há uma boa dona Severina em nosso caminho.

Sorriam um para o outro, felizes de se possuírem, de se terem encontrado na vida. As gorjetas que recebia dos hóspedes, a paga de pequenos serviços, guardava-as na caixa para o futuro, em que talvez não pudesse trabalhar tanto para cursar a faculdade.

Reservava as pequenas economias com olhos fitos nos dias vindouros.

O sociólogo, tendo terminado as pesquisas, preparava-se para regressar a São Paulo. Disse-o a Justino, numa tarde, com tristeza.

– Sinto muito, professor, sua amizade para mim é de grande valor.

Quedou-se pensativo, tristonho.

– Também sinto, Justino, porém minha ausência não porá um ponto final nessa amizade. Isso seria muito triste, de quando em vez me escreverás, contando tuas descobertas. Eu responderei... e talvez até possas, brevemente, me visitar em São Paulo. Quiçá volte para outras pesquisas no Nordeste.

Assim, mais confortado, daí a alguns dias, Justino acompanhou seu professor ao aeroporto, lá ficando até o avião sumir no espaço.

– Minha vida – pensou, olhos fitos no céu – é um não acabar de adeuses, somente dona Severina e a saudade permanecem comigo.

Justino sentiu a partida do amigo e, apesar de muitas vezes em sua curta existência ter se separado de entes queridos, este ainda era um fato que o afetava muito.

Quando sentia saudade do amigo, ou solidão, procurava consolo nos livros e revistas. Às vezes, o correio lhe entregava carta e esse era um dia de festa e meditação. Procurava nelas os conselhos do mestre ausente, lendo-os com atenção. Respondia-lhe contando sobre seus progressos.

Quando o cansaço o vencia, saía a passear.

Fora da cidade havia um campo cercado com alguns casebres, onde se alojavam os retirantes que por ali estavam de passagem. O governo lhes fornecia comida, remédio e eles partiam como que tocados por uma mola oculta.

Durante as tardes livres dos domingos, Justino gostava de conversar com os retirantes, principalmente com os jovens, ficar a par de seus ideais, de suas vidas simples, sofridas. Mas o ideal era sempre o mesmo: comida, um pouco de terra para cultivar em paz, remédios para os filhos, parcos sonhos, pois bem poucos pensavam nos estudos. Justino percebia isso com tristeza. Era tão material o que desejavam! Depois reconsiderava os seus pensamentos e via que estava errado.

Como desejar estudos, vida cultural, com a barriga vazia?

Primeiro pão para o corpo, depois pão para o espírito... Ler com fome?

Sim, o sr. Luís tinha razão; não se podia resolver tudo de uma vez, mas só com persistência e pés firmes no chão. Não se esquecia de Chico Cego, a todos os retirantes fazendo um pedido: se encontrassem no sertão um pobre cego a tocar sua violinha, lhe dessem seu endereço em Canindé de São Francisco e o recado para que ele voltasse.

Do pai de santo, do beato, tivera notícias e boas. Perto de Jaguaribe, uns cem quilômetros sertão adentro, para os lados de Orós, reunira seus fiéis e fundara uma vila na terra que o governo lhes dera. Vila de seus quinhentos habitantes, com escola primária e lavoura organizada. É que o suposto beato, com força de vontade, visão e conhecimento do sertão, conseguira levantar o moral dos retirantes, fizera brotar suas possibilidades de trabalho e auxílio mútuo.

Mas, de Chico Cego, nada...

E, como as águas de um caudaloso rio, nem sempre igual, ora manso, ora revolto, a vida prosseguia seu curso, as horas no seu ritmo habitual, mas à dona Severina elas pareciam ter asas. Os dias eram curtos, poucos para o que desejavam fazer, e os meses se sucediam rápidos, plenos.

Num ano e meio de estudos, o curso chegou ao término. Preparavam-se as festas dos formandos, que por ser a primeira do curso de madureza, levado a cabo com sacrifício de ambos os lados, merecia carinho especial. Era estímulo e incentivo para os adultos de Canindé.

Com seu ar calmo, um tanto introvertido, não se alienando de nada, sempre se dando ao máximo, Justino participava de tudo. Comissões se organizavam, uns se encarregavam dos convites, outros do baile, que marcaria época, outros das festas religiosas. Eufóricos, pensavam, organizavam, não se esquecendo dos mínimos detalhes. Era comovente para os professores verem aqueles homens, alguns até mais velhos do que eles, alvoroçados como adolescentes.

Um discurso devia ser feito que expressasse aos professores, ao diretor, aos parentes e amigos, a felicidade que sentiam por essa etapa vencida. Justino foi escolhido, por unanimidade, para pronunciá-lo, por sua facilidade de expressão e grau maior de leitura.

E naquele dia ele voltou, não introvertido, mas eufórico e falante.

— Dona Severina!

— Quê, menino? Que bom te aconteceu? — Ela logo captara alguma novidade feliz.

— Dona Severina, a senhora nem pode imaginar: fui escolhido para orador da turma.

— Que bom, Justino, bem mereces, és mais inteligente que todos...

— Nem tanto, a senhora me vê com bons olhos. Garanto-lhe, porém, que irei falar coisas que nos interessem, que tratarei dos problemas do Nordeste e não só de frases bonitas.

— Precisas de um terno.

Dona Severina já começava a se preocupar.

— Não podes ir malvestido. Será a festa de tua formatura.

— Essa não é a formatura, a senhora bem sabe; quando eu for médico então, sim, será minha formatura, farei aí um terno bem-alinhado. Isso para agradá-la — e ri alegremente.

Pitó, um senhor cachorro, respeitável, sempre ao pé do fogo, indiferente quase aos movimentos, ouvindo o tão raro riso do dono, ergue a cabeça, abre os olhos e inicia um sacudir de rabo, como nos bons tempos da juventude.

— Ó Pitó! Estás tão gordo, tão farto que nem ânimo tens para te alegrares. Bem que eu vivo dizendo, tudo no mundo no meio termo, nada de fome nem de empanturramento.

Ri, novamente.

— Justino, não adianta desviares a conversa, precisas de terno.

— Agora, o que preciso é de um bom café — diz, abraçando dona Severina, comovido.

Tomam o café, dona Severina a falar com os pensionistas a respeito do sucesso do seu menino, orador da turma.

Justino prepara o discurso. Como dissera, não quer que ele seja vazio, composto de palavras belas e ocas. Pretende escrever algo que sirva de mensagem de esperança e de estímulo aos companheiros para a luta nobre de um futuro digno da condição humana.

Sente falta do sociólogo que poderia orientá-lo, esforça-se noite adentro e no dia seguinte, ao reler o que escrevera, rasga descontente as folhas, pois lhe parece não ter escrito o desejado.

Recomeça com novos esforços, sempre confiante, procurando sobrepor-se às contingências do seu pouco conhecimento. Ao se aproximar a formatura, dá por terminado o trabalho.

Os hóspedes permanentes da pensão do seu Dito resolveram se unir e presentear a Justino, sempre tão serviçal e amável. Confabulavam em segredo, tentando adivinhar um desejo do menino, até que dona Severina lhes falou do terno que ele precisava.

Cotizaram a soma necessária e foi com o coração auspicioso que dona Severina escolheu a roupa e a levou para casa. Um dos hóspedes escreveu sentida dedicatória num cartão e o presente foi colocado sobre a rede de Justino, que, ao regressar da escola, já bem tarde, recebeu a surpresa com lágrimas nos olhos.

Pela manhã, ao servir o café para os pensionistas, vestiu o terno. Assentava-lhe bem. Todos queriam vê-lo e abraçá-lo, congratulandose com o fato de ele ter sido o escolhido para orador da turma. Admiravam o terno que lhe assentava bem e ele, em contrapartida, agradecido e comovido, oferecia-lhes o convite para a festa da formatura.

Assim, sem ter família, encontrara nos amigos corações sinceros que participavam de suas alegrias.

Todos estiveram presentes à cerimônia da entrega do diploma. O diretor, na apresentação, fez um resumo da vida de Justino, como símbolo de todos os nordestinos, salientando o fato de ter começado seus estudos, por força das circunstâncias, bem tarde. Mostrou assim a vantagem, o benefício provindo do curso de adultos, pois a seu favor ali estavam os diplomados, na sua totalidade casados.

Justino levantou-se para falar em seu nome e no da turma.

Era o representante escolhido para transmitir o que sentiam e desejavam, tudo o que traziam acumulado no peito, mas que só depois dos estudos tinha conseguido analisar e compreender, assim como a semente que guarda em si o fruto.

Comovido, olhou o povo que lotava o anfiteatro, seu povo, pensou, povo que lutava, passava dificuldades, mulheres e homens simples. Sentiu-se bem, entre eles ia falar, defenderia os direitos de seus irmãos humildes.

E, pausadamente, iniciou seu discurso, com a voz embargada pela emoção. Aos poucos, perdendo o acanhamento, prosseguiu mais firme, mais seguro.

É a própria voz do povo a pedir uma vida melhor, uma vida justa.

Sua mensagem penetrara profundamente na assistência silenciosa que acompanhava a exposição simples, a sintetizar suas vidas:

"Somos um povo sofrido, experimentado pela dor, porém, não fraco, não covarde. Venceremos, e um dia, não longe, ao estendermos a vista por estas terras, anteriormente agrestes, por caatingas e sertões, veremos esta mesma terra a dar frutos copiosos. O homem plantará, sim, com suor do próprio rosto, mas comerá o pão de cada dia e o terá para dar aos filhos..."

# A autora

Odette de Barros Mott nasceu em Igarapava (SP), em 1913, e mudou-se ainda menina para a cidade de São Paulo. Desde criança, influenciada pelo pai, amante da literatura, interessou-se pelos livros. Já na infância começou a inventar histórias e a contá-las para os familiares. Formou-se professora e, casando-se, passou a se dedicar à família. Foi como contadora de histórias para seus oito filhos que sua vocação de escritora se revelou e amadureceu. Em 1949, publicou seu primeiro livro infantil, e, a partir daí, passou a produzir continuamente livros para crianças e jovens. Seus leitores foram seus maiores propagandistas. Nas visitas que a autora fazia a escolas, perguntavam-lhe o que pensava do amor, das drogas, do relacionamento familiar e, principalmente, se era verdade o que ela escrevia. Foi assim que se propôs a criar somente obras que dessem margem a discussões, que ajudassem a derrubar as barreiras que separam jovem e adulto, que provocassem o diálogo, que abrissem novos horizontes.

*Justino, o retirante* foi o primeiro livro para jovens a ter como tema central a problemática social brasileira. Nesta obra, a autora empreendeu uma verdadeira cruzada de concientização e de alerta à miséria, à ignorância e à injustiça social, geradas pelo subdesenvolvimento do Nordeste, sem dúvida um dos mais graves problemas do Brasil, pois oprime grande parte do povo brasileiro. Considerado um clássico do gênero por especialistas em literatura infantojuvenil, *Justino, o retirante* foi agraciado com o Prêmio Monteiro Lobato (Academia Brasileira de Letras) e com Menção Honrosa do Prêmio Internacional Hans Christian Andersen (International Board of Books for Young People).

Ao longo de sua carreira de cinquenta e cinco anos dedicados ao fazer literário, a autora publicou, aproximadamente, setenta títulos, cujas tiragens ultrapassaram milhões de exemplares e lhe valeram vários outros prêmios, tais como Prêmio de Literatura Infantojuvenil (Fundação Educacional do Distrito Federal), três Menções Honrosas do Departamento de Cultura do Município de São Paulo, Menção Honrosa do Prêmio Narizinho (Conselho Estadual de Cultura de São Paulo), Prêmio Correio Paulistano... Participou de várias antologias. Tem livros traduzidos em espanhol e lituano.

Odette de Barros Mott faleceu em 1998, aos 85 anos. *Justino, o retirante*, agora relançado pela Atual Editora, é prova do talento dessa consagrada autora de livros infantojuvenis.

(Adaptado de: Nelly Novaes Coelho. *Dicionário crítico da literatura infantil e juvenil brasileira: séculos XIX e XX.* 4. ed. São Paulo: Edusp, 1995.)

# "Somos elos da corrente humana"

Odette lembrava firme da infância em São Carlos, o aprender a ler por volta dos seis anos. Sempre preferiu a leitura a qualquer outro divertimento.

Cena indelevelmente gravada: sentada numa cadeira de balanço Taunet, suíça, revê com nitidez a mãe brava, porque não acedia a seu pedido — brincar com as primas vindas de Ribeirão Preto —, preferia prosseguir lendo. Assim, no aconchego de sua cadeirinha de balanço, sucederam-se horas de encantamento lendo *Cuore*, *Saudades*, *Através do Brasil*, *Pinocchio*, em volumes alentados, não em adaptações resumidas. Lobato marcou-a com *Reinações de Narizinho*. Silenciosas horas recebendo a aragem vinda das janelas sempre escancaradas e sem cortina das casas do interior, entretida a ler... O guia desse envolvimento foi seu pai, Carlos Rodrigues de Barros, escrivão. Dizia ela: "Tive muita sorte. O pai amava os livros, podia comprá-los e nunca negou-me livros".

Sua adolescência foi, também, muito boa. Com 16 anos, membro da Ação Católica — começou a trabalhar com operárias, sendo ela própria operária por seis meses, numa fábrica de caixinhas de papelão. Sua primeira ação foi criar uma biblioteca. Congregou mil e quinhentas operárias, montando para elas uma sala de leitura, na qual podiam também ter aulas de corte e costura, culinária, etc. Desse grande aprendizado ficou a lição fundamental: "Aprendi que não somos ilha, somos elos da corrente humana. Recebemos de um lado e damos do outro".

# Justino, o retirante
### Odette de Barros Mott

## Suplemento de leitura

Justino, um garoto de doze anos, após perder os pais, enfrenta os áridos caminhos do sertão nordestino, fugindo da seca, da fome e da opressão dos grandes senhores de terras. Em seu caminho em busca de um destino melhor, encontra Chico, um vŠleiro cego que o ajuda a sobreviver e com quem cria laços de verdadeira amizade. Já numa pequena vÕa, conhece Dona Severina, a mãe postiça que lhe oferece, além de um teto, comida e carinho, a possibÕidade de prosseguir no sonho de se tornar um verdadeiro cidadão, consciente dos problemas de sua região e com vontade de tentar transformar a dura realidade do povo nordestino.

## Por dentro do texto

### Enredo

1. Vamos relembrar a história de Justino. Forme um grupo com mais dois ou três colegas. Cada grupo deverá formular de dez a quinze

frases que representem acontecimentos fundamentais ao desenrolar da história. Observem também quais as sensações e os sentimentos que estão envolvidos em cada acontecimento. Por exemplo: Justino deixa a casa dos pais – sofrimento, dor, saudade, coragem, etc. Com base nas frases formuladas e nas sensações e sentimentos observados, cada grupo vai recontar a história de Justino para o restante da classe, por meio de desenhos, maquetes ou mímica.

2. Justino e sua família viviam numa terra que não era deles, e a cultivavam provavelmente sem nenhum recurso tecnológico, enfrentando períodos de grande estiagem nos quais a lavoura é dizimada. Quando faziam a colheita, a maior parte da produção era destinada ao latifundiário, ou seja, ao dono da grande propriedade de terra, num sistema que poderíamos chamar de semifeudal.

a) Em sua opinião, existe alguma relação entre esse modo de vida e a morte prematura dos pais de Justino? Explique.

_____

_____

_____

_____

b) O que você acha da decisão de Justino? No lugar dele, você também partiria? Por quê?

_____

_____

3. Justino encontra-se com um grupo de retirantes e, com eles, vai atravessando a caatinga. Que aspectos da travessia mostram a realidade cruel dos retirantes?

_____

_____

4. Próximo a Croibero, uma pequena cidade, os retirantes são encami-
nhados para um campo de assistência social, onde podem cozinhar,
lavar roupa e, se estiverem doentes, se tratar antes de partir, após
alguns dias. Chico Cego, entretanto, decide se afastar do grupo e
entrar na cidade juntamente com Justino, seu companheiro.

a) Por que Chico toma tal decisão?

_____

_____

_____

_____

_____

b) Como a decisão de Chico Cego interferiu na vida de Justino?

_____

_____

_____

5. Justino, com muito esforço e dedicação, completa o curso de madureza, pretendendo continuar seus estudos e tornar-se médico,
para poder ajudar seus "irmãos de sofrimento". O que você pensa a
respeito desse plano de Justino?

_____

_____

_____

## Personagem

6. Podemos perceber, no decorrer da narrativa, várias mudanças na
personagem Justino. Observe, por exemplo, o que diz o seguinte
trecho, que se refere ao período no qual o garoto, que ainda não
sabe ler e nem escrever, mora e trabalha com dona Severina:

*Quem visse Justino, não o reconheceria naquele garoto mais pro-sa, mais desinibido, mais alegre que serviçal, a correr de um lado para outro, atendendo aos fregueses, carregando lenha, limpando a horta. (p. 90)*

a) Como era Justino antes desse período? Justifique sua resposta com passagens do texto.

b) Como podemos caracterizar Justino no final da narrativa? Jus-tifique sua resposta com passagens do texto.

c) De acordo com a obra, que fatores teriam interferido nas mu-danças de Justino?

d) Algumas características de Justino, entretanto, permanecem inalteradas durante toda a narrativa. Que características são essas?

7. Chico Cego, dona Severina e o sociólogo Luís são personagens que, auxiliando o garoto, exercem um papel de fundamental im-portância na trajetória de Justino. Comente as atitudes dessas per-sonagens em relação ao menino.

## Espaço

8. Indique os elementos que caracterizam os seguintes espaços presentes na narrativa:

a) a casa em que Justino vivia com seus pais;

b) a caatinga;

c) a feira de Croibero;

d) a pensão de dona Severina.

## Linguagem

9. Em *Justino, o retirante*, há diversas palavras e expressões próprias do Nordeste, como, por exemplo, "mecê". Cite outros exemplos.

10. No trecho abaixo, há uso de uma figura de linguagem chamada *personificação*. Procure no dicionário o que ela significa e explique o efeito que provoca.

*Árvores retorcidas, terra rachada, abrindo-se em mil bocas a pedir água. Sol violento torrando, rio morto no seu leito seco, tudo na natureza e o próprio homem a pedir água, chuva.* (p. 109-10)

# Produção de textos

•

11. *Justino, o retirante* termina no momento em que o garoto conclui o curso de madureza. O que acontece depois disso? Justino consegue realizar o sonho e formar-se em Medicina? Consegue, de fato, ajudar seus "irmãos de sofrimento"? E Chico Cego? O que acontece com ele? Justino o encontra novamente? Escreva um texto narrativo, continuando a história de Justino, tentando manter os traços característicos da obra original. Lembre-se de que, no livro, o narrador está em terceira pessoa, há grande uso do discurso direto (diálogos) e há elementos de linguagem regional. Lembre-se também das características das personagens envolvidas na história.

12. Releia o seguinte trecho:

*O caminhão come os quilômetros e os pensamentos de Justino também caminham. Nesses quatro anos lera com sofreguidão o que lhe caíra nas mãos, com a mesma fome com que em criança devorava a rapadura com um pedaço de carne. Fome de saber, de conhecer, sempre a pedir mais.* (p. 110)

a) Nele, a palavra *fome* está sendo usada em dois sentidos. Que sentidos são esses?

Casou-se com Leone Mott, com quem teve dez filhos. Criou oito. Teve vinte e oito netos e doze bisnetos.

Todas as noites, contava histórias para os filhos. Não havia televisão, o rádio estava no início. Odette maravilhava seus filhos com histórias das *Mil e uma noites*. Eles ficavam encantados com Scherazade. Certo dia prometeu que, se ficassem quietinhos, inventaria uma história. Contou *Aventuras no país das nuvens*. Não saiu mais desse faz de conta narrativo, que totaliza, hoje, mais de setenta livros e milhões de exemplares vendidos.

Corria o ano de 1968 quando escreveu *Aventuras do escoteiro Bila*, seu primeiro livro juvenil. Andava preocupada com o desinteresse da filha mais velha pelas obras então disponíveis – na época, havia apenas quatro ou cinco autores para o leitor jovem. Além disso, escritores não visitavam escolas. Uma sobrinha, professora, convidou a tia-autora para conversar com seus alunos. Porém, um diretor severo e vigilante mantinha muda a classe toda. Nisso um telefonema o retirou da sala. Foi quanto bastou para explodirem perguntas – dinamite pura! Odette ficou estupefata com seu teor: "A senhora fica dopada, toma bolinha para escrever?", "O que pensa dos *hippies*?", "E do amor livre?" – todos temas tabus. Mas não teve tempo para responder, o diretor voltara, e ela foi para casa com um enorme ponto de interrogação martelando-lhe o cérebro, angustiando-a.

Parou de escrever. Perguntava-se: "Estou dando respostas às necessidades desses jovens ou estou escamoteando a verdade? Em nome de quê?". Quando recomeçou, escreveu *Justino, o retirante*, um marco, um clássico da literatura juvenil. Primeiro livro para jovens a tematizar a problemática social brasileira, mostra o retirante nordestino, vítima não só da seca mas, principalmente, da ganância dos "patrões de fome e miséria". Seguiram-se *Rosa dos ventos* (em que pela primeira vez se falava para jovens sobre tóxicos, sexo, homossexualismo), *Do outro lado da moeda, E agora?, As empregadas*, livros que, como *A travessia*, cuja temática é o preconceito racial contra o judeu, conscientizam seus leitores sobre problemas brasileiros e mundiais. Além disso, Odette escreveu livros lúdicos e bem-humorados para crianças, como *Melhor mesmo é ser Leonesa*, e obras policiais, de suspense, aventuras, romances históricos e novelas sentimentais para jovens e adultos.

Faleceu em 21 de maio de 1998, quando completava cinquenta e cinco anos de fazer literário, em produção engajada com o humano em sua essência. Em um país de não leitores (por injunções histórico-sociais), essa mulher guerreira conquistou milhões de leitores como escritora comprometida com os brasileiros e com o Brasil, pátria que sonhou como Terra Prometida, erguida por um povo irmão.

Lúcia Pimentel Góes
(Escritora e Professora Titular da USP)